光文社知恵の森文庫

八幡和郎

地名と地形から謎解き 紫式部と武将たちの「京都」

光文社

はじめに

京都には、御所、平安神宮、金閣寺など名所旧跡をはじめ、嵐山など絵のように美しい自然、祇園や錦市場のような情緒あふれる盛り場などあらゆるタイプの観光スポットがあって、日本だけでなく世界的にもトップクラスの観光地になりました。応仁の乱（一四六七―一四七七）や幕末の大火で、古い建築は失われていますが、ここが歴史や文学に出てくるあの場所だというスポットが町中にあって、地名や地形から想いをはせることが可能です。

『源氏物語』の舞台も、西陣の工場街、上京のビジネス街、京都御苑などの下に埋もれてはいます。しかし京都の町並みは豊臣秀吉（一五三七―一五九八）の時代に再整備されて、平安京が創建されたときからの碁盤の目の構造を保っていますから、探り当てることが容易なのです。

本書の狙いは、紫式部（九九〇―一〇〇〇年ごろに活動。生没年不明）や北政所・寧々（一五四九？―一六二四）になったつもりで、京都人も知らないようなディープな歴史探訪にお誘いし、あわせてグルメ情報なども京都住人の眼で丁寧に提供しようというものです。

　できるだけ実用的に、本書だけポケットに入れて、あとは、スマホのGoogleの地図でも補助に使ってもらえば、迷わず現地に行けるように工夫してあります。文庫本ですが、歴史や文化が好きな人にとってぎっしり内容が詰まったコスパが良い本です。

　紫式部については、ＮＨＫの大河ドラマ『光る君へ』で描かれている彼女自身や藤原道長（ふじわらのみちなが）（九六六―一〇二七）が生きた世界と、『源氏物語』に出てくるスポットの両方を紹介していますので、ドラマをより楽しめるはずです。

　巻末に光源氏（ひかるげんじ）、紫式部、藤原道長の一時間ほどで読める伝記を添えました。とても分かりやすく書いたつもりですから、こちらのほうから先に読まれると、大河ドラマの内容が容易に理解できると思います。

　また、読者のなかには、京都で学生生活を送った人も多いと思いますので、その思い出ができるだけ蘇（よみがえ）るように時代による移り変りを説明する配慮もしています。

もくじ

第四章 ― 武士の時代の京都 ― 153

装丁・本文デザイン　アフターグロウ
図版制作　大道雅彦（共時舎）

第一章

地名と地形から見た千年の都

時代祭の御鳳輦（ごほうれん）と平安神宮。祭神である御鳳輦の孝明・桓武帝が京都市内をご巡幸される

1 「平安京」「洛陽」「みやこ」など京都はどう呼ばれてきたか

本来の呼び名は？

「千年の都」といいますが、京都という名前が定着したのは、明治維新後に京都府が設けられてからです。

本来の呼び名は平安京でした。また、奈良から遷都された年（七九四）に、「此の国は山河が周りを囲んで自然に城をなしています。よって、山背国（やましろのくに）を改め山城国とします。また人々が口々に讃えている誉め言葉により平安京と号しよう」という詔（みことのり）が出されました。

一方、普通名詞としての首都のことを、古代中国では、京、京師（けいし）、京都などと呼ぶことがあったので、京とか都とかいわれることもありました。

京都を「洛陽」と呼んだり、「洛」と略称することもあります。中国では、歴史的に洛陽（河南省）が地上の中心で、都として理想的な土地だと考えられてきたのです。

平安京の陰陽五行説と風水説

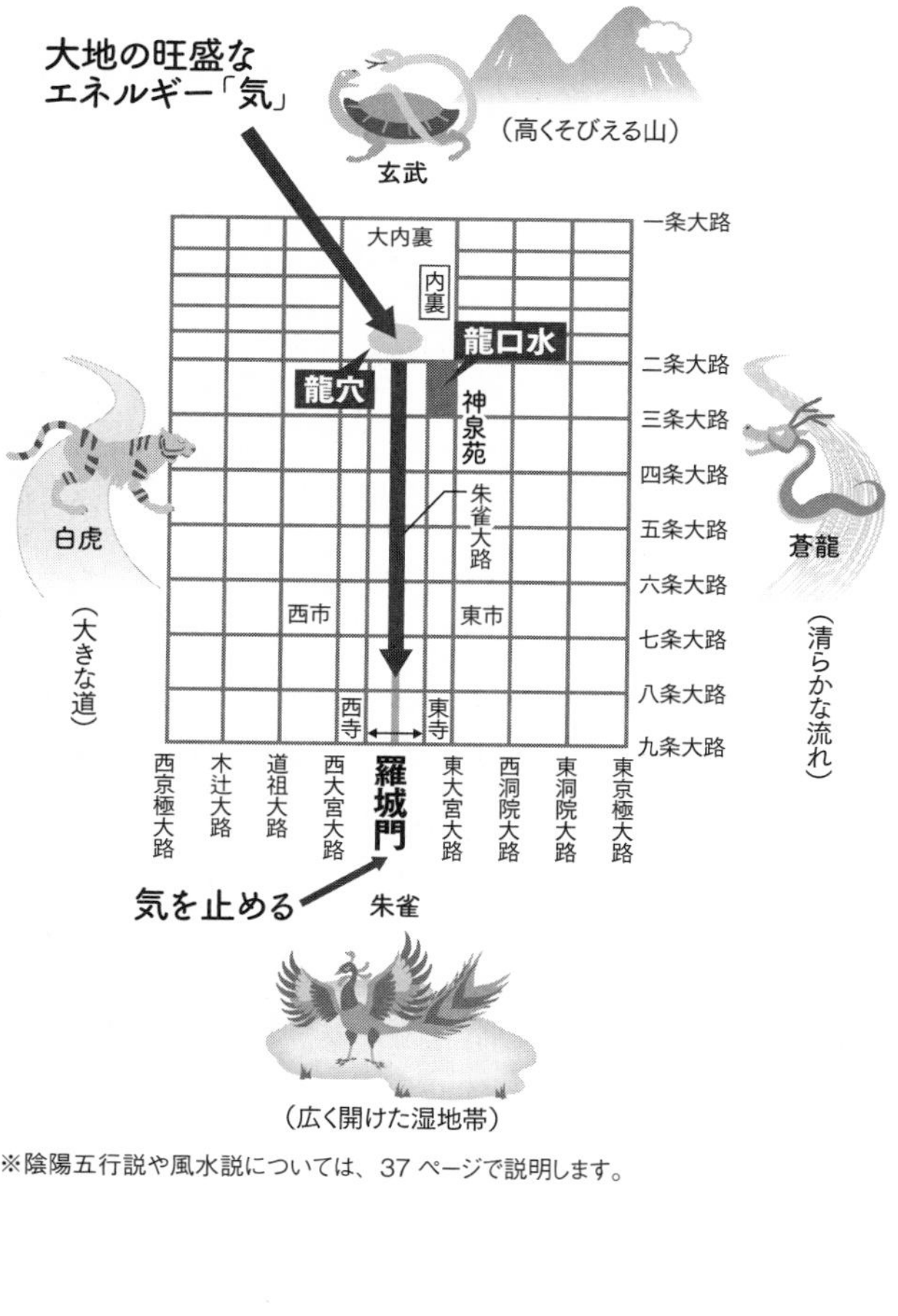

※陰陽五行説や風水説については、37 ページで説明します。

そこで、都らしい都だという意識もあってか、平安京のことを洛陽と呼ぶこともありました。「洛」は、「戦国武将が上洛をめざす」などのほか、都の内外を区別するときに洛中・洛外、また洛北・洛南というふうにも使います。京と組み合わせて「京洛の春」などといったりもします。平安時代には、左京を洛陽城、右京を長安城といったこともあるようです。

「西京」と呼ばれるのを嫌った京都人

東京遷都後、西京（さいきょう）と呼ばれることもありましたが、京都人から嫌われ、消滅しました。魚の京味噌漬けを「西京漬け」というくらいにしかいまは使いません。

近畿地方は、都の近くを意味します。関西というと、京都でなく大阪を中心とした地域を指す言葉になります。和歌山、奈良、大津、姫路あたりまでを指す言葉だったはずですが、「関西広域連合」などは、鳥取、徳島あたりも入っています。

グルメ情報 もともと京都はグルメの町ではありませんでした。「くいだおれ」というように関西の料理文化の中心は大阪でした。しかし、大阪経済が不振なのと、新鮮な海産物も入るようになったので、西の料理文化の中心は京都に移ってきました。

2 そもそも京都にはなぜ難読地名が多いのか

古代からの地名は当て字がほとんど

氏名であれ、地名であれ、日本の固有名詞には、読み方が先にあって漢字が当てられたものと、漢字で最初から名がつけられたものがあります。

地名の場合には、古代からある国名や郡名のたいていは、大和言葉を万葉仮名の漢字で書き、さらに、奈良時代から平安時代にかけて、二字好字に変えることにしたので、漢字が元の意味を表しているほうがレアケースです。

武蔵(むさし)の場合だと、「むさ苦しく草深い」などと諸説ありますが、意味は当てずっぽうに近いですし、「无邪志(むさし)」「无射志(むさし)」「牟射志(むさし)」などと思い思いに書いていたのが二字好字である武蔵に統一されただけです。

ヤマトは、「山に近い」という意味というのが多数説です。大和朝廷(やまと)は、それを国名ともしていましたが、中国人は「我れ」と日本人が言っているのを聞いて、倭国(わこく)と名付けたので、大和政権では倭と書いてヤマトと読ませました。

しかし良い漢字ではないので、国名は日本にして、奈良県のことは大養倭(やまと)と書いて

京都の難読地名の一例

洛中の通り名や町名		阪急沿線	
間之町	あいのまち	乙訓	おとくに
不明門通	あけずどおり	鶏冠井	かいで
姉小路	あねやこうじ	神足	こうたり
綾小路	あやのこうじ	坤町	ひつじさるちょう
釜座	かまんざ	物集女	もずめ
烏丸	からすま	**東西線・京阪・近鉄沿線**	
御幸町	ごこまち	一口	いもあらい
西石垣	さいせき	直違橋	すじかいばし
醒ヶ井	さめがい	椥辻	なぎのつじ
麩屋町	ふやちょう	納所	のうそ
万里小路	までのこうじ	羽束師	はづかし
壬生	みぶ	祝園	ほうその
嵐山電車沿線		御陵	みささぎ
化野	あだしの	**寺社・その他**	
太秦	うずまさ	新熊野神社	いまくまのじんじゃ
蚕ノ社	かいこのやしろ	首途八幡宮	かどではちまんぐう
帷子ノ辻	かたびらのつじ	雲母坂	きららざか
車折	くるまざき	幸福社	さいのかみのやしろ
常盤	ときわ	鹿ヶ谷	ししがたに

いたものを、のちに大和という二字で感じのいい漢字を当てることにしたらしいです。

町や集落の名前については、歴史が新しいものが多いので、大阪、横浜、福岡、広島といったようにそもそも漢字で最初から命名したものが多いのです。

しかし、京都や奈良では、①歴史が長いので、たとえば御陵（みささぎ）といった現在の日本語と違った古い言葉が残っていたり、②万里小路（までのこうじ）など初めは自然な読み方だったのが長い歳月の中で訛(なま)ってしまった、③平安京ができる前に大陸から海を渡って定住した氏族が多かったり、南蛮人もやってきたりといったことで難読地名が多くなっています。

お公家さんの名前はほとんど地名に由来

先斗町(ぽんとちょう)は、江戸時代初期に行われた鴨川の改修工事で河原にできた堤の先端に位置するので、ポルトガル語で「先」という意味の「ポント」と読ませたともいいます。

「太秦（うずまさ）」は、雄略(ゆうりゃく)天皇（四一八－四七九）のとき、秦(はた)氏の祖先の秦酒公（はたのさけのきみ）が、調・庸の絹をうずたかく積み上げて朝廷に献上したことから「禹豆麻佐（うづまさ）」の姓をたまわったことに由来します。太秦という表記は、秦氏の名前を入れて、「大いなる」といった意味を「太」で表したわけで、最近になって流行っているキラキラネーム並みの当て字です。

帷子（かたびら）ノ辻という駅が京福電鉄嵐山線にありますが、これは嵯峨天皇（七八六―八四二）の檀林皇后が遺言で、自分の遺骸を帷子だけに包んで辻に放置して鳥獣の餌とせよとされたので、その通りにした場所です。「かたびら」という大和言葉があって、それに意訳として帷子という漢語を当てたわけです。

いずれにせよ、難読地名で旅行者が困るといっても、京都の人はあまり親切に配慮してくれません。ルビを添えるのにも熱心でなく、ローマ字表記でやっと分かることも多いのです。むしろ、「読めてあたりまえ」「読めんのは田舎者」とでも言いたげな京都人の態度が、京都の地名の難読度を高めています。

海外では、人名に基づく地名が多いのですが、日本ではほとんどありません。松平や徳川も、愛知県や群馬県の地名が起源です。

公家や武士でも近衛通とか六角通とかいうと、近衛氏や六角氏が住んでいたから通りの名前がついたのかと思いますが、近衛氏は近衛御門大路、六角氏は六角東洞院に屋敷があったから、近衛氏とか六角氏という名前になったのです。

ただし、聚楽第や伏見城の周辺には、人名から出た町名が珍しくあります。聚楽第の近くには如水町、福島町、長尾町など、伏見には毛利長門、羽柴長吉、鍋島、筒井伊賀、井伊掃部、片桐などという戦国マニアなら住んでみたい町名があります。

また、平安時代の女性作家にちなんだ太秦和泉式部町とか、（藤原）俊成町、『源氏物語』にちなんだ夕顔町、源融の河原院にちなんだ本塩竈町というのもあります。

グルメ情報　京都には、ミシュラン三つ星が「一子相伝　なかむら」「未在」「瓢亭」「前田」「祇園　さゝ木」「菊乃井本店」と六店もあり世界有数のグルメ都市になっています（二〇二三年版）。ただ、日本料理だけというのが少し残念。外国料理もおいしいのですが。

3『源氏物語』の時代は京都はこんな町だった

桓武天皇は将軍塚に上ってここを都にした

平城京は、立派な都だったのですが、大和川の支流である佐保川という小さい川しかなく、物資を運び入れるにも、廃棄物を運び出すにもたいへん不便でした。

そこで、大河である淀川を利用できる山城への遷都が模索され、桓武天皇（七三七―八〇六）は長岡京の建設を始めましたが、災害に弱いのが欠点でした。

そこで、和気清麻呂（七三三―七九九）が天皇を東山山頂に連れていき、少し淀川本流からは遠いのですが、三方を山に囲まれ、広くて緩やかな傾斜地で、風もあまり強くないので、住みやすいこの地の利点を説明しました。

風水がどうのこうの言う人もいますが、それが流行ったのは近世になってからですのでありえませんが、それはまた37ページで説明します。

天皇はこの場所に、高さ二・五メートルの武人の像を作り、鎧甲を着せ鉄の弓矢を持たせ太刀を帯びさせたので、「将軍塚」と呼ばれるようになりました。国家の大事があると、この将軍塚が鳴動したと『源平盛衰記』や『太平記』に書かれています。

京都の変遷

● 『源氏物語』の時代（11世紀）

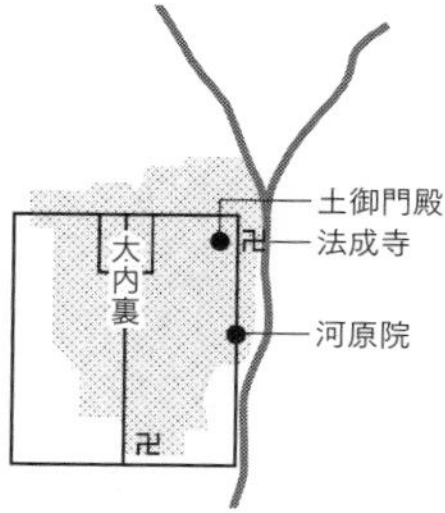

● 『平家物語』の時代（12世紀）

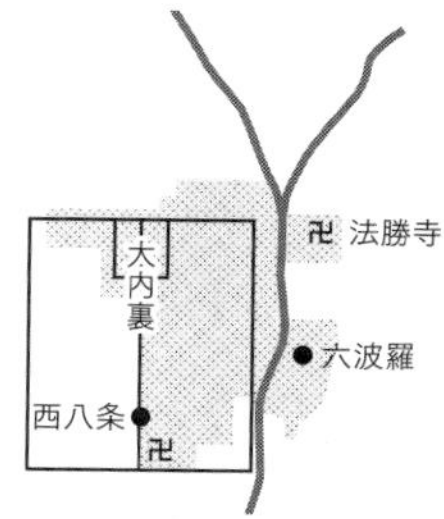

● 応仁の乱の時代（15世紀）

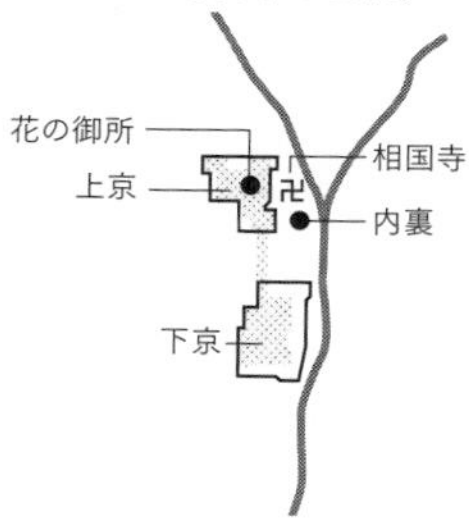

● 『太閤記』の時代（16世紀）

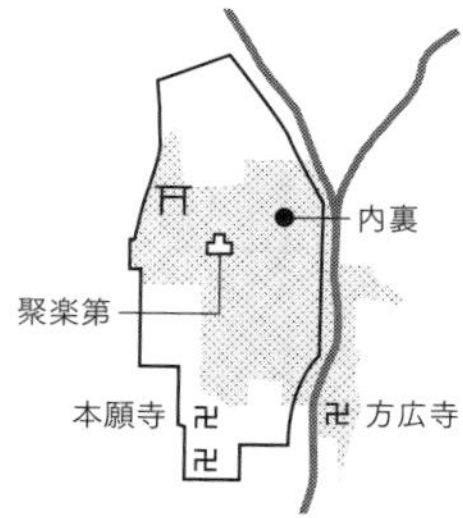

● 幕末の京都（19世紀）

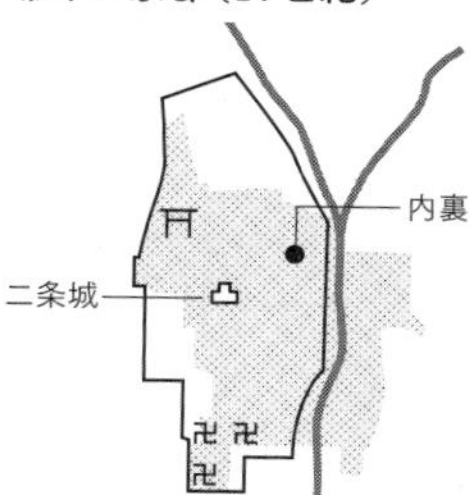

平安京を見下ろす展望台として古くから知られていましたが、岡崎方面からちょうど見上げられる地点に、青蓮院（しょうれんいん）の飛び地として国宝青不動を本尊とする青龍殿（せいりゅうでん）（標高二一四メートル）が二〇一四年に建設され、巨大な舞台からの風景は絶景です。

平安京は一四五メートル四方ほどの小路で区切られた正方形の区画からなって、全体はだいたい五キロ四方です。

平安京の東北の隅は、京都御苑にある迎賓館の少し東で標高四八メートル、西北は御室（おむろ）小学校のあたりで標高五六メートル、東南は現在鴨川の東側になっている福稲柿本（ふくいねかきもと）の河川敷で標高約二〇メートルです。大内裏（だいだいり）の北側の一条（いちじょう）通大路が五六メートルほどで、羅城門（らじょうもん）が標高一九メートルくらいですから、高低差は南北で三七メートルです。

平安時代にイベントにも使われた朱雀（すざく）大路は、現在では中心市街地の西のはずれになっている千本（せんぼん）通です。大内裏も西陣といわれる織物工場が多い地域にありました。

南西は桂川がよく氾濫（はんらん）する低湿地で条坊が造成されない区画も多く、西京極（にしきょうごく）大路も部分的にだけ建設され、南東も低湿地なので開発は遅れました。それに対して、現在の京都御所に近い北東方面は住みやすく、『源氏物語』に出てくる貴族たちの邸宅の多くもこのへんにありました。

平安から京都になるまでの小史

紫式部の時代から一世紀くらいあとの院政期になると、鴨川の対岸の岡崎、六波羅、法住寺（三十三間堂周辺）などが開発されていきました。また、土木技術の進歩もあって、西八条とか鳥羽といった方面も開発されました。

鎌倉時代になると、大内裏は放棄され、二条界隈を転々としましたが、南北朝時代以降は、現在の京都御所に落ち着き、その近くに幕府も置かれて上京の町となり、商工業者の住む下京とふたつの町に分けられて、ちょうど福岡と博多のようになりました。

しかし、豊臣秀吉は、これを一体化してひとつの城下町のようにしました。つまり、平安京の正方形の基本区画を南北の通りで二分割し、奥行き三五メートルほどの鰻の寝床の町家が背中合わせとなった短冊形の区画からなる、人口密度が高い都市を、御土居といわれる土塁と空堀とからなる城壁で囲むことで、現在の京都中心部が完成したのです。

御土居の範囲はほぼ九条通、西大路、鴨川で囲まれる範囲で、北は防衛上の配慮から、標高が高い鷹峯あたりまで囲い込みました。京都駅のホームも御土居の跡です。いちばん北の長坂口は標高一三三メートルで、南の東寺口は一九メートルです。

そして、明治から昭和初期にかけて、東大路、北大路、西大路、九条が市電の環状線のように敷設され、だいたいこの範囲が大正年間までに京都市域となりました。

その後、昭和の初めに、伏見、山科、嵯峨、桂などを含む山城地方の北半分が市域となりましたが、京都人の頭の中では、白川、下鴨、鞍馬口、衣笠、九条あたりまでという大正時代の市域が旧市内的な受け取り方をされています。そのあたりの詳しい説明は、227ページでします。

グルメ情報 「ぶぶ漬けでも」と客に出す気もないのに勧めるのが京都人のいやらしさというが、京都では茶漬けだけでなく家庭料理を客には出さない。ぶぶ漬けでもというのは、何も用意がないということ。「おばんざい」の店は観光客用です。

4 世界の奇跡といわれる千年の都

「京都らしさ」とは？

「京都」のことを、日本人も外国人も誉め続けてきましたが、素晴らしさを表現するには、もうひとつ、語彙が不足気味だと思います。

「京都らしさ」は、言葉にならないといって、「千年の都」「日本の伝統文化を体現する古都」「山紫水明」というのですが、物足りないです。

「千年の都」だったことは貴重ですが過去の話です。歴史的景観が守られているというならほかにもあります。「山紫水明」も珍しいわけではありません。「優れた都市文化」なら東京や大阪にもあります。

京都の魅力は、あらゆる人が語ってきたようですが、「言葉にならない感動」で終わってきました。京都の魅力も、意外に鋭くは分析されてこなかったのではないでしょうか。

「京都らしさ」という言葉も、あらゆる場所で頻繁に使われますが、中身ははっきりしません。誰もが思い思いに我田引水で使っているのです。

京の町家

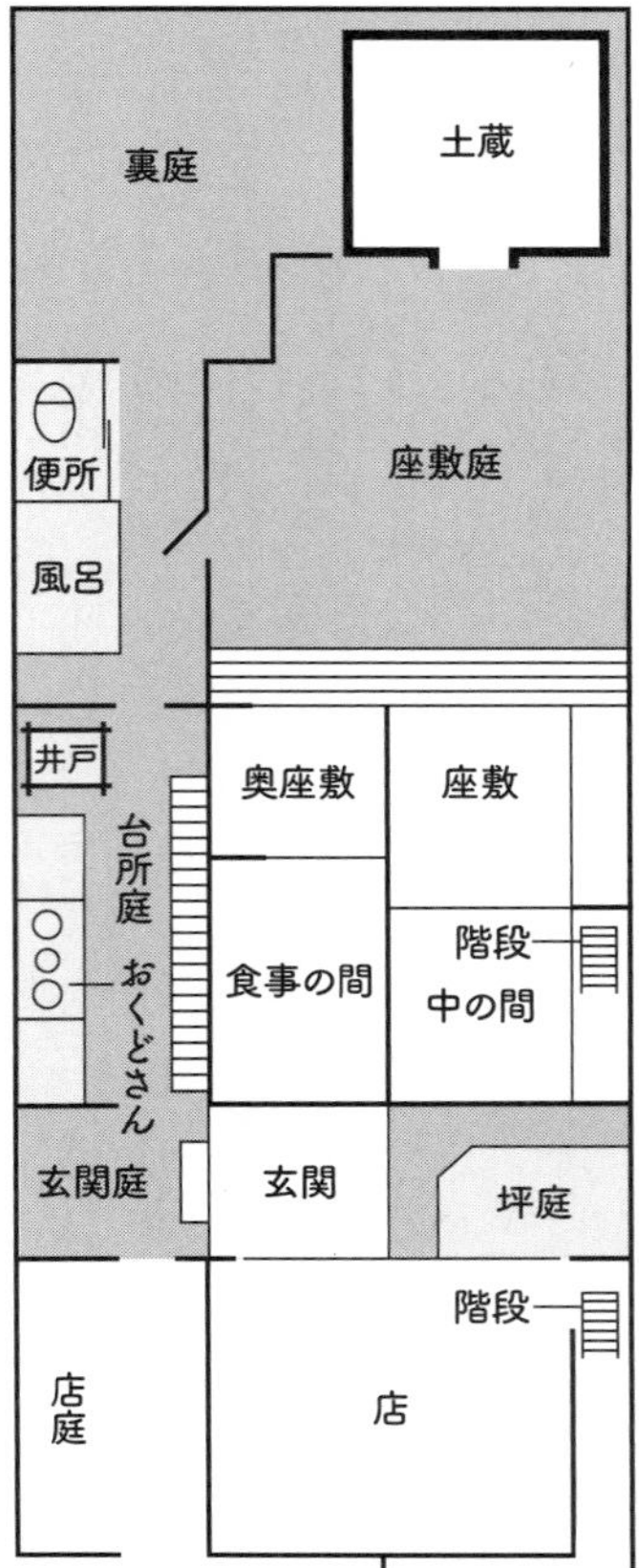

執筆者（八幡和郎）の生家をもとに作図

そんななかで、京都らしいものづくりに関してアンケートをとったら、高品質、伝統技術、手作り、和風、季節感といったことが回答として寄せられ、「京ものの良さは、総じて、優雅、きめの細かさ」と総括されたことがあります。

あるいは、「華やぎのあるまち」とか「安らぎのあるくらし」というのが、京都市の基本構想に掲げられていたこともあって、そのへんが、一般の常識に沿った京都らしさのようです。

あえて、私なりに大胆に総括すれば、王朝文化を支えた「お公家(くげ)さんたちの存在」と、三方をそれほど高くない山に囲まれた地形や、四季の移ろいがはっきりはしているが激しくはないといった、「箱庭的な自然条件」のふたつが京都らしさの根源なのかもしれません。

お公家さんの世界では、時間の流れは緩やかで、男も典雅であることが求められました。力の論理は否定されなければならないし、力で迫られても、上手にはぐらかさなくては、時々の覇者に引っかき回されてしまいます。千年有余も続いた「くにの形」をご都合主義で変えられては堪(たま)らないからです。

いまでは、お公家さんはいなくなりましたが、お師匠さん、お寺さん、老舗(しにせ)の旦那、花街（かがい）の女性、あるいは京都学派の学者たちといった人たちが役割を果たして、「白足袋（しろたび）族」と揶揄（やゆ）されることもあります。

彼らが、王朝文化の担い手がいなくなった京都でその遺伝子を引き継いで、京都は、彼ら「美の司祭」が主人公である町なのです。

箱庭的な京都の自然

自然についても、東山を代表とする山々は長い年月のあいだに浸食され、なだらかな稜線であり、木々は手入れされています。鴨川のせせらぎは激流ではありませんが、京都中心部の標高差については、先に平安京について紹介しましたが、もう少し広げると鷹峯と鳥羽では五〇メートルほどありますから、水はよどむことなく軽やかに流れます。

寒暖の差は大きく、夏は暑く昼間は酷暑ですが、夕方になると気温は急に下がり夜は過ごしやすいです。冬には雪も降りますがたいしたことはなく、風は優しいです。うっすらと霧がかかることは多いのですが、黄砂や関東ローム層の埃（ほこり）がないので、空気は繊細な自然の色を邪魔しません。

こういう自然には、淡いが多彩な色彩感、幾何学的な模様より花鳥風月の図柄、ダイナミックさには欠けても優雅で手の込んだ細工が合います。いくら素晴らしい京呉服でも、東京へ持って行けば「弱い」し、沖縄の色鮮やかな紅型を京都の茶会で使えば、けばけばしくしか見えません。

「雅」とか「はんなり」も京都らしさを表しています。「雅」とは、「上品で優美なこと」「宮廷風であること」です。「はんなり」という美しい言葉は、「上品で、明るくはなやかなさま」であり、「花なり」、つまり「花のようだ」という意味です。「華がある」ということとも通じますが、世阿弥（一三六三―一四四三）が『花伝書』でもいっている趣旨に沿えば「人の心に思わぬ感動を催す何かがあること」です。

単に綺麗だけではすまないものが必要なのです。「このへんにあるといいな、と思うところに、ちゃんと紅葉があるんです。京都では」「戦乱の世の武将たちを、ホッとさせました。平成の企業戦士たちにも、よく効きます」「京都には『人の世とは……』と語りかける花があります」「『あぁ、わたしは、春を一年間待っていたんだなぁ』と気づいた瞬間でした」といったものは、JR東海が続けている「そうだ京都、行こう。」のかつてのキャッチコピーですが、そういう感情を引き起こす「華」こそが京都の魅力なのです。

グルメ情報 和食好みだと見られがちな京都人ですが、統計（総務省家計調査）によると、牛肉、パン、バター、コーヒーなどの一人あたりの消費額がトップクラス。米、味噌（みそ）、醤油（しょうゆ）などの消費量はむしろ少ないので、イメージとは違うのです。

5 山紫水明で四本の清流が流れる京都盆地

最初に大和に都が置かれた理由

平安遷都は、「鳴くよウグイス平安京」と言って憶えたように七九四年のことで、それから東京遷都まで、短い福原京を除いて、千年に亘って都であり続けました。

では、どうしてそれまで、京都など山城国に都はなかったのか、また、このころになって長岡京や平安京に、どうして都が置かれたのかを国の成り立ちと自然条件から考えてみたいと思います。

『魏志倭人伝』ほど知名度はありませんが、五世紀の中国南北朝時代を描いた『宋書』にある「倭の五王」の記事こそ、日本の古代史を語る鍵だと思います。

宋（四二〇–四七九）は中国南朝全盛期の王朝で、東晋に代わって建康（南京）を首都として、中国南部を支配していました。大和朝廷は四一三年から四七八年にかけて東晋と宋に使節を送り、朝鮮半島支配について支持を求めました。どの天皇にあたるか異説はありますが、仁徳天皇から雄略天皇とみるのが妥当です。

とくに重要なのは、四七八年に南京にもたらさせた倭王武（雄略天皇）の上表文で、

鴨川水系と桂川水系と京都

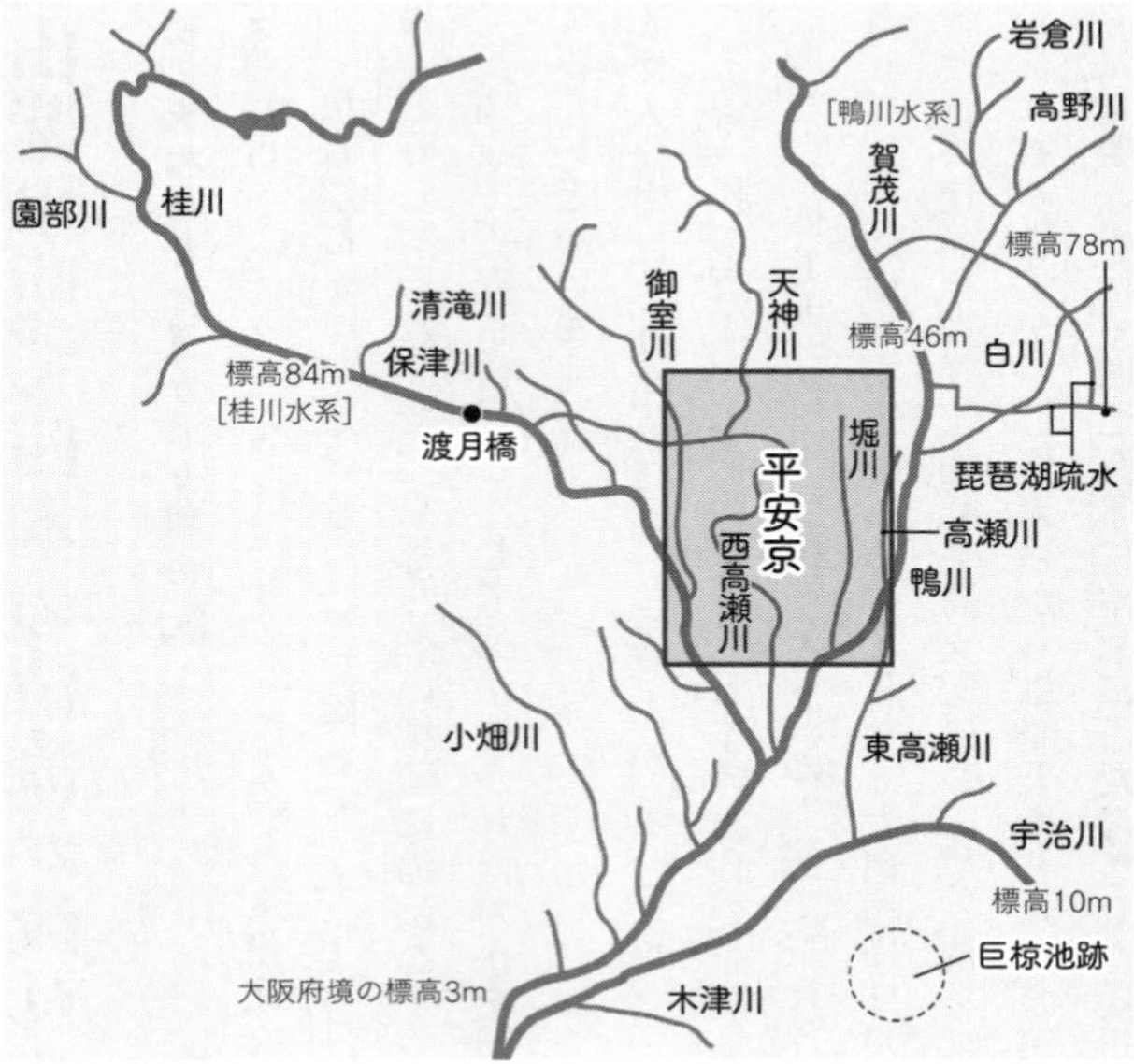

大和朝廷の公式見解としての日本国家の建国過程が説明されています。倭王武の先祖は、畿内を本拠として、東日本、西日本、朝鮮半島のそれぞれ数十カ国を征服して倭国（自称でなく中国側の呼称。自称はヤマト）を成立させたと説明しています。これは、『日本書紀』による、崇神天皇以降の大和朝廷の発展過程に符合しますし、それより八〇年ほど前に高句麗王が

建立した好太王碑とも矛盾がないのですから、その内容を疑う理由がないのです。

紀元前六六〇年に、大和南部の豪族を打ち破った神武天皇が、畝傍山の麓で建国したといっても、その段階では、ミニ国家の王になったというだけです。『日本書紀』は、一〇代目の崇神天皇が、大和を統一し、出雲や吉備まで勢力圏に入れたとしています。天皇の寿命をやたら長くしていますが、それを補正すると、邪馬台国は大和統一政権が崇神天皇によって成立する少し前に、三世紀中ごろの九州にあった小王国だということで、辻褄は合います。

なぜ大和がもっとも早くから栄えて統一国家の母体となったかというと、奈良盆地では、大和川水系の小河川を堰き止めて水田を潤したり、大阪湾まで小舟で行き来するのが容易だったからです。『源氏物語』で玉鬘が夕顔とともに行方不明になっていた右近と再会する場所とされている、桜井市の海石榴市（標高七五メートル）まで外国の使節も舟で遡ってきたのです。

天皇の宮は、代替わりのたびに移転していましたが、飛鳥京、藤原京、平城京が営まれるようになると、人口が増えて大和川水系では、首都機能を支えていくことができなくなりました。

近江と山城の標高はだいぶ違う

もうひとつ、都が大和から離れた動機は、豪族たちをそれぞれの本拠地から切り離すことでした。戦国時代の武士もそうですが、豪族は朝廷の官僚や軍人ですが、地元では兼業農家でした。農民も武器を持って戦いますし、犯罪者も匿（かくま）いましたから、朝廷としては、厄介な存在でした。

そこで好まれたのが、交通が便利で、フロンティアである東国の玄関でもあり、自然災害も少ない近江の大津方面でした。

滋賀県の大津市と京都市は、全国の都道府県庁所在地でもっとも近い距離にあります。大津には、平安遷都の前に三回も宮都が置かれています。三世紀の景行（けいこう）・成務（せいむ）・仲哀（ちゅうあい）の三帝の志賀高穴穂宮（しがのたかあなほのみや）、七世紀の天智（てんじ）・弘文（こうぶん）帝の大津京、そして、八世紀の淳仁（じゅんにん）天皇の際の保良宮（ほらのみや）です。近江では、聖武（しょうむ）天皇（七〇一―七五六）が紫香楽宮（しがらきのみや）を置いたこともあります。

志賀高穴穂宮は、大津市の穴太（あのう）にありました。安土城などの石垣を築いた穴太衆と呼ばれる石工集団の故郷です。

山城国では、近江の琵琶湖から宇治川、丹波から保津川、大和や伊賀から木津川、さらに、北山からは鴨川が流れ込んでいます。盆地中央には、宇治川の遊水池でもあった巨椋池（おぐらいけ）という巨大な湖が昭和の初めに干拓で消えるまでありました。

だいたいの標高をいうと、琵琶湖の水面が約八五メートルで宇治橋で一〇メートル、山崎の大阪府との境で三メートルです。滋賀県との府県境あたりは激流なので舟も航行できないのです。

桂川の場合は、保津川下りの乗り場の亀岡市で八四メートルです。ただ、当時の土木技術では十分に制御できず、洪水の危険性が高く、継体（けいたい）天皇が北陸から出てきて即位したばかりのころは、大和の情勢が流動的だったために、河内国（かわちのくに）樟葉宮（くすはのみや、大阪府枚方市）で即位したのち、筒城宮（つつきのみや、京田辺市）、弟国宮（おとくにのみや、長岡京市）にしばらく留（とど）まったことはありましたが、長期にわたって宮が営まれることはありませんでした。

なんとか、秦氏ら帰化人がもたらした優れた土木技術のおかげで開発が進みましたが、長岡京（標高二八メートル）では桂川の洪水の危険性が高いのが問題でした。

それに比べると、鴨川は比較的安全で怖くない川です。白河上皇（一〇五三―一一二九）が、サイコロの目と比叡山の僧兵と鴨川だけは自分にとって不如意だと嘆いた話は有名ですが、北山から流れ出る鴨川の集水域は、それほど奥が深くないので、大洪水にはなりにくいのです。

なお、ちょっと脱線ですが、天皇という表記は、律令制が確立する中で、スメラギ（スメラミコト）とかオオキミとか呼ばれていた王者の漢語表記として、おそらく唐の高宗（即天武后の夫）が一時期使っていた称号が採用されたもので、口頭では相変わらずスメラギなどでした。

のちにはミカドなどが使われ、テンノウと普通に呼ばれるようになったのは明治になってからです。大王から天皇へ移行したとかいう人がいますが、口頭での呼び方と漢字表記を混同していると思います。

グルメ情報 京都は学生の町なので、ラーメンや餃子の名店も多い。京中華というと、（卵で巻いた）春巻き、からし蕎麦などが代表的な料理。太秦の「開花」、堀川今宮の「鳳飛」、河原町祇園の「平安」、市役所前の「鳳泉」などが名店として知られています。

6 どうして山背国から山城国に改名したのか

「四神相応」の地と風水説の真偽

　聖徳太子（五七四―六二二）の長男で、皇位を争って敗れ、一族が自害したのが山背大兄王ですが、これは、山城国のことを、山背国と書いていたからです。山背というのは大和から見て山のうしろということだともいわれますが、山背より前に山代と表記されることが多かったようなので当てになりません。

　こうした旧国名起源は分からないのが普通ですから、仕方ありません。平安京へ都を移したときの桓武天皇（七三七―八〇六）の詔に「この国の山河襟帯（襟のように取り巻く）にして自然に城をなす。かの形勝によりて新号を制すべし。よろしく山背国を改め山城国となすべし」とあります。

「風水」で説明をする人がいますが、風水は戦後になって日本で紹介されたものですから、無関係です。ただ、陰陽五行説はもてはやされており、平城京の遷都の詔にも「四禽」という言葉が出ています。

　左（東）に流水（蒼龍）、右（西）に大道（白虎）、前（南）にくぼ地（朱雀）、後

江戸時代の京都府

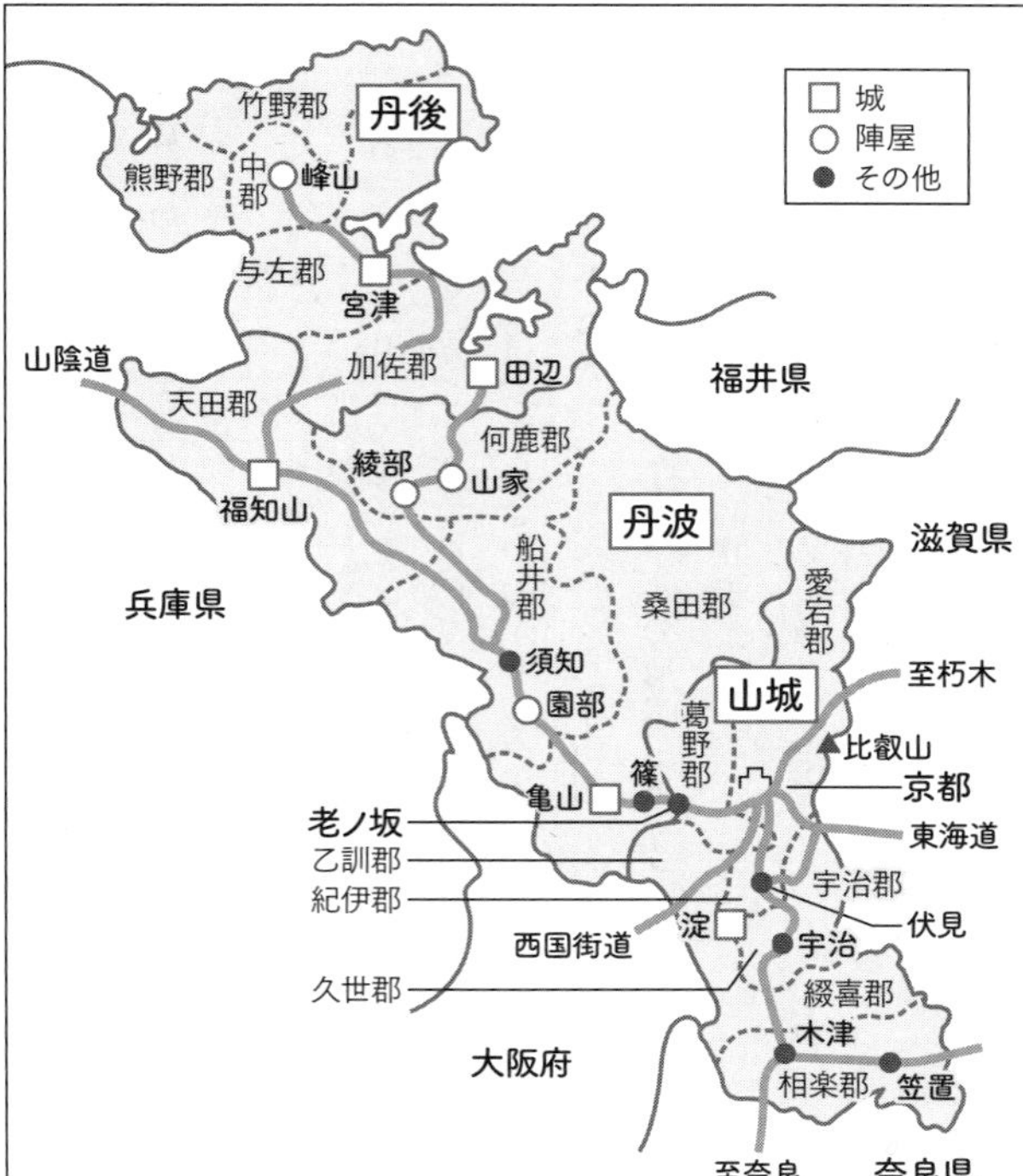
城
陣屋
その他
丹後
竹野郡
熊野郡
中郡
峰山
与左郡
宮津
加佐郡
田辺
山陰道
天田郡
何鹿郡
綾部
山家
福知山
福井県
丹波
船井郡
桑田郡
愛宕郡
滋賀県
兵庫県
須知
園部
山城
至朽木
比叡山
葛野郡
篠
亀山
京都
老ノ坂
東海道
乙訓郡
宇治郡
紀伊郡
伏見
淀
西国街道
宇治
久世郡
綴喜郡
木津
大阪府
相楽郡
笠置
至奈良
奈良県

ろ（北）に丘陵（玄武）がある「四神相応」の地であることが意識され、平安京はこの条件にぴったりだと考えられた可能性はなくもありません。

平安京の中心部は、西部が葛野（かどの）郡で東部が愛宕（おたぎ）郡です。この地を選ぶのに功績のあった秦氏の地盤は葛野郡だったので、そちらの意識が強かったようですが、平安中期以降に栄えたのは愛宕郡のほうです。

京都市の南部は、伏見付近から京都駅の南西あたりまでが紀伊郡です。和歌山でなく京都に紀伊郡があります。このほかに宇治郡、乙訓郡、久世郡、綴喜郡、丹波国北桑田郡（旧京北町）の領域も少し市域になっています。

山城国の郡と京都府の成立

宇治川より南は久世郡、綴喜郡、相楽郡などです。もっとも、昭和の初めまでは、伏見の南に巨椋池という広い湖のような池があり、宇治川も豊臣秀吉が水運のために分離して伏見の町の南側を流れるようにするまでは、この巨椋池に流れ込んでいました。このために、紀伊郡と久世郡の境は宇治川でなく巨椋池だったので、宇治川の南ですが、徳川家康（一五四二—一六一六）が一時期在城した城があった向島のあたりも紀伊郡です。

久世郡には宇治市中心部のほか、城陽市の大部分や、聖護院大根の産地である久御山町が含まれます。京都市伏見区に編入されている淀城は稲葉氏一〇万石の居城で、菊花賞で知られる京都競馬場もあります。ただ、城下町は鳥羽伏見の戦いで焼かれ、淀三川の流路変更で市街地は消えてしまいました。

宇治郡の中心は山科盆地で、山科区から伏見区の醍醐、それに宇治市のうち宇治川より北側の、宇治上神社や京阪電鉄の宇治駅付近の『源氏物語』の舞台になっているところも宇治郡です。

長岡京の故地は乙訓郡です。長岡天満宮がある長岡京市や、大極殿跡や競輪場がある向日市、天王山の古戦場で千利休の茶室である妙喜庵がある大山崎町、それに京都市西京区の一部です。

石清水八幡宮がある八幡市は綴喜郡の一部でした。一休禅師（一三九四―一四八一）が晩年を過ごした一休寺がある京田辺市には同志社大学の一部の学部が設けられています。

京田辺から、奈良時代の政治家で光明皇后の異父兄である橘諸兄（六八四―七五七）の本拠だった井手町、永谷宗円が煎茶を発明した宇治田原町にかけては宇治茶の産地として知られていますが、とくに、玉露の全国的産地になっています。

木津川を遡って奈良県や三重県との境に近づくと相楽郡です。木津川市は恭仁京があったところで、のちには山城の国分寺になりました。精華町は関西文化学術研究都市の中心で国立国会図書館関西館もできました。山城町は狛などという地名が表すように高麗人が入植したところです。蟹満寺には白鳳時代の作品で国宝になっている釈迦如来坐像があります。

廃藩置県による京都府の成立ですが、維新後、大名領は藩となり、幕府領や皇室などの領地はまとめられて府県となりました。一八七一年七月の廃藩置県で藩も県となり、一一月には、三府七二県にまとめられました。

このとき、山城と丹波の桑田郡（亀岡）、船井郡（園部）、何鹿郡（綾部）が京都府となりました。しかし、五年後には、豊岡県に属していた丹後国と丹波天田郡（福知山）が京都府に移管されて今日の京都府の領域が成立しました。

グルメ情報　茶道の盛んな土地だけに、和菓子も多彩。お茶会用の生菓子にもいいものが多い。水無月のように、季節のお菓子もいろいろ。抹茶味のかき氷も人気。

7 賀茂川か鴨川か。松平家との関係は？

「かもがわ」の由来

京都の「かもがわ」は、普通には上流が賀茂川、下流が鴨川と呼ばれます。神社の名前も上賀茂神社と下鴨神社です。河川としての正式名称は鴨川だけですが、通称として加茂川という表記が使われることもあります。

日本の地名で、古代からあるものは、漢字伝来以前に起源があるので、漢字はすべて当て字です。同じ人名や地名に多様な表記があるのはそのためです。古代豪族の「かも氏」とともに広まったのですが、語源は不明で、賀茂、加茂、鴨などいろいろに表記されます。

たとえば、加茂郡が三河と佐渡にあり、賀茂郡は安芸と播磨にあります。また、古代豪族の賀茂氏は、平安時代の戸籍ともいえる『新撰姓氏録』によれば、八咫烏に化身して神武天皇を導いた賀茂建角身命を始祖としています。

神武東征のとき、天照大神らの命を受けて日向の「曾の峰」に天降り、大和の葛木（葛城）山に至り、八咫烏に化身して熊野から神武天皇の大和入りを先導しました。

山城に入ったのち、建角身命の建玉依比売命（たけたまよりひめのみこと）という娘が、丹塗矢（にぬりや）に化身した火雷神（ほのいかづちのみこと）を父として産んだ子が賀茂別雷命（かもわけいかづちのみこと）です。これが上賀茂神社の祭神で、建角身命と建玉依比売命が下鴨神社の祭神で、建玉依比売命の兄弟の子孫が賀茂氏です。

大和葛城地方の豪族、鴨氏と同一系列という説もありますが、京都の賀茂氏は、関係ないと言っています。

賀茂氏は漢族帰化人の秦一族と婚姻関係を結んで山城盆地を支配しましたが、平安京が建設されたことで、上下の賀茂社が京都の鎮守になりました。その上賀茂神社と下鴨神社合同のお祭りが葵祭（あおいまつり）です。

下鴨神社がパワースポットとして注目

詳しくは、のちほど紹介しますが、「葵祭」と呼ばれるようになったのは、戦国時代に中断したのち、元禄時代の一六九四年に再開されたときです。松平家の発祥は上野（こうずけ）の新田一族である世良田親氏（せらたちかうじ）（？―一三九三？）が、時宗の僧侶として流浪の旅に出て、三河加茂郡松平郷の土豪の入り婿になったときです。

この土豪は平城天皇から出た在原家の末裔で、賀茂社への信仰が篤く、その縁で賀茂社の神紋である葵を家紋に取り入れました。祭りが徳川家の肝いりで再開されたときに、あちこちを葵で飾ったので、葵祭と呼ばれるようになったのです。

下鴨神社のあたりは、糺の森が広がり、古い町並みがあり、そのなかには、最近、公開されるようになった三井家の邸宅や日本人で初めてノーベル賞を受賞した湯川秀樹（一九〇七―一九八一）博士の住まい、作家の谷崎潤一郎（一八八六―一九六五）がいっとき住んでいた家などもあります。昭和の初めに北大路通が開設されて、市電の環状線が通るようになり、北側は区画整理されて日当たりのよい住宅地です。

湯川博士と、やはりノーベル賞を受賞した朝永振一郎博士の母校である京都一中（洛北高校）もここに移り、葵学区は京都市内でもっともブランド力のある学区です。

河原町通の延長である下鴨本通も昭和になって開設され、市電も一九五六年に敷設されましたが、一九七八年に早くも廃止されました。このときに、有力社家の鴨脚家の屋敷のひとつも立ち退きになったのですが、この家の読み方は「いちょう」です。鴨の足跡が銀杏の葉に似ているのが語源です。

従来、下鴨神社は上賀茂神社に比べて観光スポットとはいえませんでしたが、最近は文学などで取り上げられて、パワースポットとして人気上昇中です（56ページ参照）。

南北を貫く本来のメインストリートは下鴨中通で、『源氏物語』の時代の葵祭の行列はこちらを通っていましたが、昭和の初めに開設された府立植物園で中断されてしまいました。上賀茂神社の近くでは、社家町が明神川の水辺に昔のままの面影を映しています（113ページ地図参照）。

グルメ情報　下鴨神社の名物は、焼いた団子に甘辛いたれをつけたみたらし団子です。上賀茂神社では餡(あん)の入ったあぶり餅で、それぞれの参拝のあとの楽しみであり、土産にも好適です。上賀茂は京漬け物の王様といえる「すぐき」の産地でもあります。

8 太秦と稲荷は始皇帝の子孫たちにゆかり

秦氏一族の活躍

「太秦」を「うずまさ」と呼ぶのは、京都の難読地名の代表です。前述したように帰化人（渡来人）の秦氏（秦酒公（はたのさけのきみ））が雄略天皇に、絹を「うずたかく積んで献じた」ことから、朝廷より「禹豆麻佐＝うづまさ」の姓を与えられたのですが、秦の始皇帝の子孫を自称する秦氏は漢字表記として「太秦」を当てたのです。

かつて帰化人と教科書で扱われていた人たちを渡来人と呼ぶ人もいますが、日本人のルーツとして多数派であるとみられる弥生人のうち、四世紀に統一国家が成立したのち、平安時代あたりまでに海外から移民として帰化した人たちを、ひとつのグループとして帰化人と呼ぶのは古代の人々の受け止めに照らしても、合理性があると思います。渡来人というのは、もっと広い範囲の移民を指すべき言葉だと思います。

平安時代に嵯峨天皇の命で畿内に住む氏族の出自を調べた『新撰姓氏録』では、神武以降に皇室から分かれた「皇別」が三三五氏、それ以外の日本土着が「神別」とされ四〇四氏、そして、帰化人が「諸蕃（しょばん）」とされて「漢」が一六三氏、「百済（くだら）」が一〇

秦氏関連遺跡と平安京・長岡京

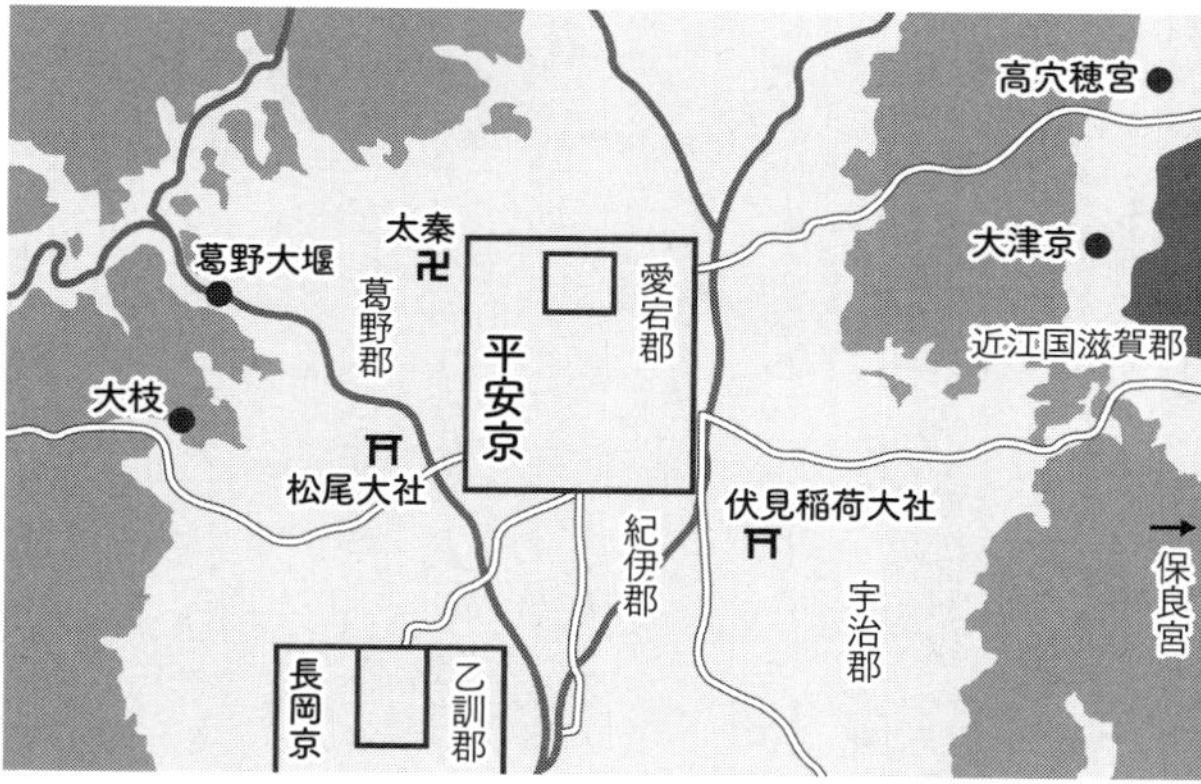

四氏、「高麗」（高句麗）が四一氏、「新羅」が九氏、「任那」が九氏挙げられています。出自不明の雑姓が一一七氏あります。

秦氏は応神天皇のときに百済からやってきた弓月君の子孫と称しています。新羅人だという人もいますが、秦氏が自分たちは漢民族で百済経由で来たというアイデンティティを持っていたのですから、嘘というのは失礼です。

それに、日本に文化や技術を持ってきた帰化人は、王仁博士などもそうですが、ほとんどが百済に住んでいたとはいえ、漢族であることをアイデンティティにしていた人たちです。

太秦の広隆寺は、『日本書紀』に、六〇三年に秦河勝(はたのかわかつ)が聖徳太子から仏像を授かり蜂岡寺(はちおかでら)を造営したのが前身で、国宝の弥勒菩薩(みろくぼさつ)像で有名です。一九六〇年、あまりの美しさに魅せられた京都大学生が頬ずりしようとして像の右手薬指を折ってしまった事件もありました。

モナリザを想起させる謎の微笑が印象的で、いまふうにいえば、「美人すぎる仏様」です。アカマツという珍しい素材なので、新羅から来たのかもしれませんが、時期が渡来の時代とかけ離れているので、秦氏の出自とは無関係です。

島津氏も秦氏

秦氏は全国あちこちに定住しましたが、山城盆地でも優れた土木技術で桂川を制御して開発に努めました。ただ、平安遷都は秦氏が主導して実現したように言う人がいますが、それなら、平安京では帰化人が朝廷を支配したはずですが、下級貴族以上にはなっていません。

母方から百済王室の血を引く桓武天皇のおかげで彼らの地位は上昇しましたが、百済王家の嫡流である百済王氏(くだらのこにきしうじ)ですら鎮守府(ちんじゅふ)将軍陸奥守(むつのかみ)など中級貴族が限度でした。秦氏も、藤原氏が強くなるにつれて宮廷からは姿を消し、神社の社家となったり、地方に行って武士になりました。

約一万基の朱色の鳥居が並んで、外国人観光客に大人気の伏見稲荷大社は七一一年秦伊侶具が、酒の神様として全国の酒造家に信仰される西京区の松尾大社は秦都理が開きました。雅楽で知られる東儀家も松尾大社の社家です。

秦氏の主流は惟宗朝臣を名乗りましたが、そこから出たのが島津家の創始者である忠久で、近衛家の家臣のようになっていました。実母が源頼朝（一一四七―一一九九）の乳母比企尼の娘・丹後局で、『鎌倉殿の13人』の一人安達盛長と再婚したことの縁で鎌倉に下り、武士になりました。実母が頼朝の隠し子を連れて惟宗広言と結婚したといって源氏を名乗ったのは、室町時代になってからです。

グルメ情報　伏見稲荷大社の名物は、雀の焼き鳥です。昔からの名物で、「稲福」と「日野家」というお店があります。

9 長岡京と山科の地名の不思議

花山天皇出家事件の現場は山科

天智天皇の大津京（標高一〇五メートル）は、壬申の乱（六七二）で廃都となり、天武天皇や持統天皇のころには、柿本人麻呂が「さざなみの　志賀の大曲　淀むとも　昔の人に　またも逢はめやも」と詠んだほど荒れていました。大津京の跡は、京阪石山坂本線の近江神宮前駅の西にある錦織というところです。

その天智天皇の御陵は、京都市山科区の御陵（みささぎ）にあります。天智天皇はこのあたりで狩猟をしていて行方不明になったので、沓が発見されたところにこの御陵を営んだともいわれます。

山科駅から旧東海道である旧三条通を西へ向かい、京都薬科大学の脇のJR線ガードを抜けた右側です。八角形の墳墓だそうです。平安時代には皇室中興の祖として神武天皇以上に重んじられて、勅使がことあるごとに派遣されていました。

『万葉集』には、額田王の「やすみしし　わご大君の　かしこきや　御陵仕ふる　山科の　鏡の山に　夜はも　夜のことごと　昼はも　日のことごと　哭のみを　泣き

長岡京と現在の状況

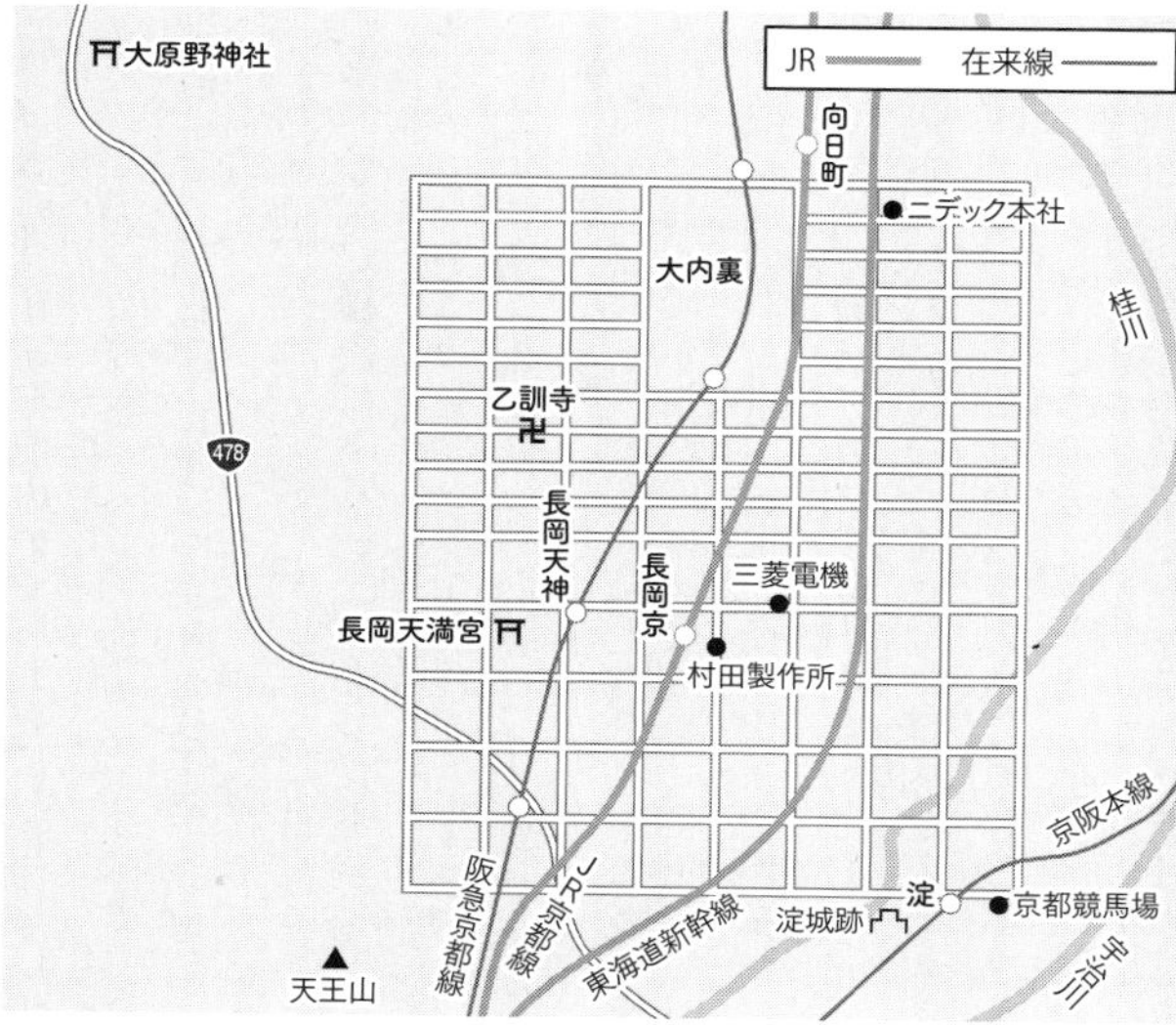

つつ在りてや　百磯城(ももしき)の　大宮人は去(ゆ)き別れなむ」という鎮魂歌が収められています。

古代の天皇の御陵はたしかなものは少ないのですが、ここは、ずっと朝廷によって大事にされていましたので、間違いがない珍しいものです。

山科は古代には「山階」と書き、山階寺というお寺が三条通の京都薬科大学の近くにありましたが、藤原氏の氏寺である奈良の興福寺(こうふくじ)の前身です。

また、旧宮家に山階家がか

つてあり、山階鳥類研究所に名を残しています。一方、公家で織田信長（一五三四－一五八二）と親交が深かった山科言継を出した旧伯爵のほうは山科家です。

山科区には、紫式部一族にゆかりの勧修寺（地名は「かんしゅうじ」、お寺や勧修寺家は「かじゅうじ」）があります。上杉謙信（一五三〇－一五七八）などの上杉家は勧修寺家の分家が鎌倉に下り武士になったものです。

西国三十三カ所番外札所で花山天皇（九六八－一〇〇八）出家事件（九八六）の現場となった元慶寺（花山寺）の旧跡は、ＪＲ琵琶湖線東山トンネル入口と花山中学のあいだの住宅街にあります。

山城国に宮都が置かれたのは、長岡京で四回目です。継体天皇は大阪府枚方市の樟葉宮で即位したのち、京田辺市の筒城宮や長岡京市の弟国宮に移りました。筒城宮は、樟葉宮から府境を越えたあたりで、七年をここで過ごしました。その跡は、同志社大学の京田辺キャンパスになっており、構内に石碑があります。

弟国宮は、のちの長岡京の区域の中にあり、ボタンの名所として知られる乙訓寺のあたりか、その北の長岡第三小学校の付近といわれています。さらに、聖武天皇のときには、すでに紹介した恭仁京が木津町に営まれました。

ＪＲ東海道本線の長岡京駅は、旧名神足駅ですが、一九七二年に長岡京市が成立し、一九九五年に名称変更になりました。世界的な電子部品メーカー村田製作所の高層本社ビルが駅前に建って活気づいています。

ただし、長岡京市の中心は、阪急電鉄の長岡天神駅です。菅原道真（八四五―九〇三）の所領だったので長岡天満宮があり、キリシマツツジの名所です。

地盤もよくなかった長岡京

長岡京は淀川に面していますから、水運の便は平安京より良好でしたが、洪水の危険性が高く、桓武天皇が建設中止を決断したのも、建設の責任者の藤原種継（七三七―七八五）が暗殺されただけでなく、洪水で大きな被害を受けたのも原因だとみられます。

このあたりはいまでも地盤はよくありません。竹藪が多いのも地盤がゆるくて水気の多いことから、田畑や森林にならないのが理由です。地震のときに竹藪に逃げ込むと安全なのは、竹の根がしっかり張っているからで、開発したら軟弱地盤です。そこで、水運はやや劣るが、洪水の心配も少なく、地盤もよい平安京に移ったのだと思います。

ただし、長岡京の大極殿の跡は長岡京市でなく、向日市鶏冠井（かいで）町の住宅地です。向日市文化資料館に長岡京朝堂院復元模型が展示されています。たしかに面積でいえば、長岡京市が広いのですが、主要部分はほとんど向日市です。

超小型モーターの世界最大企業であるニデック（旧日本電産）の創業者・永守重信氏は、向日市出身で、本社住所は京都市南区ですが、最寄りの駅は向日町駅です。

長岡京の大極殿は、難波京のものを移しました。水運のよい山城に遷都すれば難波京はもはや不要になるからでした。

花の名所が多く、初夏は長岡京市の長岡天満宮の境内を染めるキリシマツツジが圧巻です。柳谷観音楊谷寺では、手水舎を彩る「花手水（はなちょうず）」が人気です。

京都市西京区になりますが、西国観音霊場第二〇番札所の善峯寺では、桜にはじまり紫陽花、モミジ、サザンカと、季節ごとの花が咲きます。そして、『源氏物語』にも登場する大原野神社もありますが、それは、127ページで紹介します。

グルメ情報　以前は山科駅前に「義士餅」を売っているレトロな建物の和菓子屋があったのですが、廃業しました。大津宿の名物に走井餅があって安藤広重の版画にも登場しますが、本家は消滅し、関係者が京都東インターの側(そば)に「走り井餅本家」を開いています。

また、近くの料亭「わらびの里」は、デパートの食品売り場でおなじみです。長岡天満宮の八条ヶ池に浮かぶ「錦水亭」は、筍(たけのこ)料理で有名です。「木の芽和え」「すまし汁」「造り」「じきたけ」「田楽」「焼竹」「蒸し竹」「天ぷら」「酢の物」「筍ご飯」というコースで、春になるとここを訪れることを年中行事として楽しみにしている京都人も多いのです。

文学とテレビ・映画の舞台の聖地巡礼

平家物語	著者不明	大原寂光院・六波羅蜜寺
虞美人草	夏目漱石	鴨川畔からの比叡山
高瀬舟	森鷗外	一之船入と木屋町
細雪	谷崎潤一郎	平安神宮の桜
古都	川端康成	中川地区の北山杉
雁の寺	水上勉	相国寺(瑞春院)
金閣寺	三島由紀夫	金閣寺(鹿苑寺)
京まんだら	瀬戸内寂聴	祇園新橋
燃えよ剣	司馬遼太郎	壬生寺や八木邸など
化粧	渡辺淳一	高台寺地区石塀小路
京都まで	林真理子	詩仙堂
手のひらの京(みやこ)	綿矢りさ	大文字送り火
京都鞍馬殺人事件	山村美紗	鞍馬寺(同種の作品多数)
異邦人(いりびと)	原田マハ	京都市京セラ美術館
京都寺町三条のホームズ	望月麻衣	新京極・貴船神社
鴨川ホルモー	万城目学	京都大学周辺・四条大橋
有頂天家族	森見登美彦	下鴨神社・出町桝形商店街
名探偵コナン「迷宮の十字路」	アニメ	六角堂・梅小路公園
けいおん!	アニメ	出町柳駅・南禅寺水路閣
京都殺人案内	ドラマ	文化庁(旧京都府警本部)
科捜研の女	ドラマ	積水化学工業株式会社京都研究所
あすか	ドラマ	祇園新橋・塩芳軒
オードリー	ドラマ	京福電鉄太秦駅・上津屋橋
カムカムエヴリバディ	ドラマ	東映太秦映画村・鴨川(北大路と北山)
ゴジラvsメカゴジラ	映画	東寺・京都タワー
SAYURI	映画	稲荷大社・八坂の塔
ラストサムライ	映画	知恩院
わが青春に悔なし	映画	駒井家住宅(北白川)

第二章

平安京はこんな町だった

京都御所前を出発する葵祭・斎王代の行列

10 朱雀大路は幅八四メートルだが千本通は最大で二五メートル

二条駅前にあった朱雀門

二条駅は、京都のメインストリートである御池通の西端にあります。市内でＪＲと地下鉄の駅が同じ場所にあることは少なく、京都駅（東海道本線と地下鉄烏丸線）のほか、琵琶湖線の山科駅、奈良線の六地蔵駅と嵯峨野（山陰）線の二条駅だけです。

御池通の地下を走る東西線は平安京の西京極大路より少し東の太秦天神川駅が西のターミナルで、二条駅の地下を通り、旧東京極に当たる寺町通との交差点にある京都市役所前を通り、旧東海道に沿って山科盆地に入り、山科駅から南下して伏見と宇治のあいだにある六地蔵が終点です。

平安京の二条大路は、大内裏の南側の道路で、三条大路や四条大路の八丈（二四メートル）の倍以上の幅がありました。この二条駅の駅前を南北に走る通りが千本通で、かつての平安京朱雀大路です。

むかし朱雀大路 いま千本通

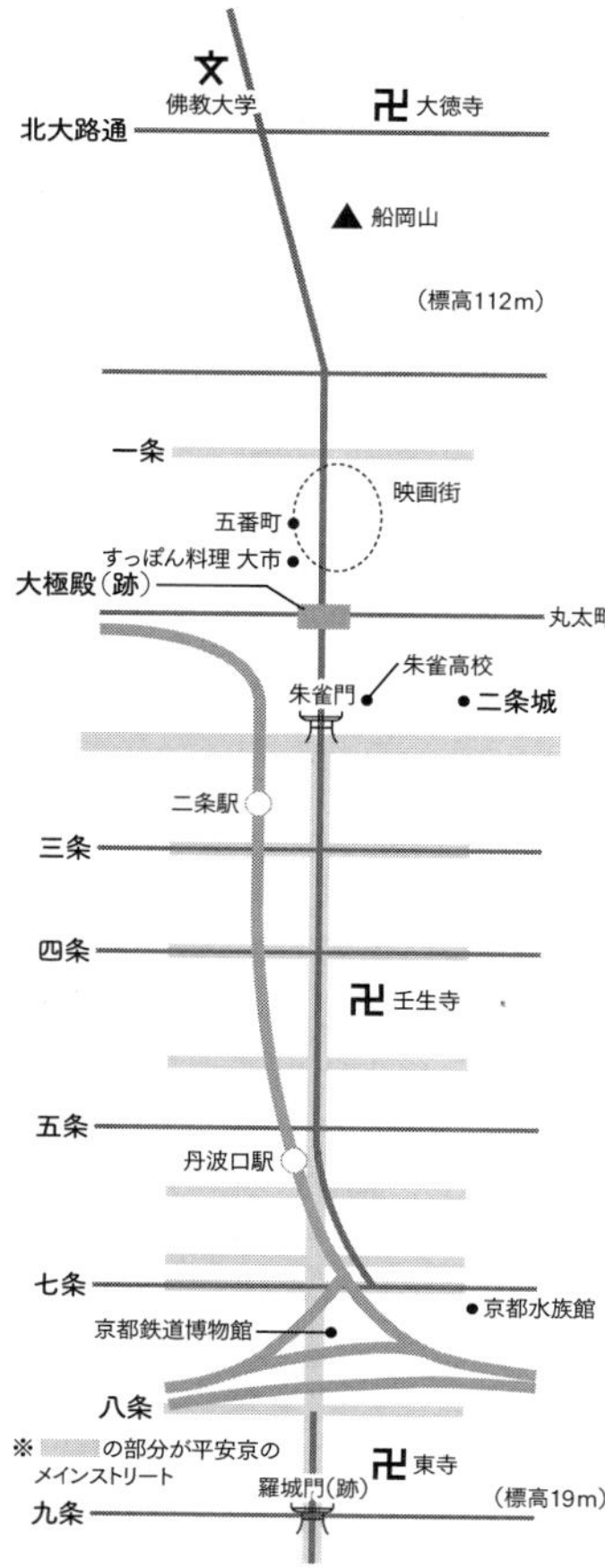

朱雀大路は、九条通にある羅城門から官庁街や皇居が並ぶ大内裏の正門である朱雀門まで約四・五キロの通りで、幅は二八丈（八四メートル）。現在の御池通でも五〇メートルですから、飛行場の滑走路のような巨大な都大路でした。

朱雀門は、重層、入母屋造（いりもやづくり）、鴟尾（しび）付きの瓦葺（かわらぶき）、七間五戸で幅が三五メートル、奥行きが九メートル、高さは二一メートルで朱塗り、幅二四メートル五段組の石階段でした。

もし、朱雀門の大屋根に上ったら、三方を山に囲まれた平安京の素晴らしさを実感できたと思います。数年前まで、ほぼその位置に弥生会館という共済施設があって、展望レストランから、それに近い風景が見られたのですが、廃業してしまいました。

いま京都では、中心部に良い展望台がありません。京都タワーは、かつての朱雀大路より一・四キロほど東に寄りすぎて、東山が近すぎ、西山が遠すぎるのです。

ただし、嵯峨野線は高架ですから、二条駅あたりで先頭車両に乗ると朱雀門の屋根からと同じ風景です。とくに、円町（えんまち）駅と二条駅の中間あたりが絶景です。イベントで、嵯峨野線にトロッコ電車でも走らせてくれたらと思います。

かつての朱雀大路近辺の現在

大極殿の跡という立派な石碑が、千本丸太町上ル（せんぼんまるたまちあがる）を西に入ったところにありますが、本来の場所でありません。本当の場所は、千本丸太町の交差点の真ん中で、交差点の東北隅の歩道にプレートがはめ込まれています。

大内裏の範囲は、北が一条大路（現在は一条通）、南が二条大路（二条通）、東が東大宮大路（ひがしおおみやおおじ）（大宮通）で西が西大宮大路（御前通）です。一条と二条のあいだは他の二・五倍ですから、一周を回ると五キロ余りです。

千本通は、かつてチンチン電車（小型の市電）が走り、三本立てで洋画とかピンク映画を上映する映画館が並んで、東京でいえば浅草六区のイメージでした。

京都人でも千本通がかつての朱雀大路だと知らない人が多いのですが、朱雀高校という公立高校があるので、そういえばそうかと納得してもらえます。

千本通を一条通より北へ行くと、真正面の船岡山（ふなおかやま）（標高一一二メートル）を避けて少し左に曲がる緩やかな坂です。船岡山は、平安京を設計するときに、測量の基準線の起点とされたといいます。山上には織田信長を祀（まつ）った建勲（たけいさお）神社があります。以前は眺望が良かったのですが、樹木がおおい繁ってしまって平安京を建設した人々の気分になれるような眺めは期待できません。樹木を無闇に大きくすることは歴史景観保全の最大の敵です。

佛教大学に近い千本北大路の交差点は標高八八メートルで、北大路通を一キロ東へ行った大徳寺(だいとくじ)通交差点は六七メートルなのでかなりの勾配で、市電が走っていた最後のころに、故障で暴走する事件があって話題になりました。

千本通を南に行くと、五条通のJR丹波口駅で中央卸売市場の敷地に阻まれ曲がり、七条で終わってしまい、そこに梅小路(うめこうじ)車庫跡があって、京都水族館もオープンし、二〇一六年には、大阪から鉄道博物館が引っ越してきました。

グルメ情報 三条通千本には「ヒロ」という肉屋さんと系列の焼き肉店「弘」があって、コロッケが人気です。千本通の三条から南は狭くなり、四条大宮と千本三条を斜めに結ぶ後院(こういん)通がメインストリートになります。後院とは天皇が譲位後に隠居する予定の場所をいいます。その中間に餃子の「王将」の創業店があります。また、千本通と堀川(ほりかわ)通のあいだの三条会商店街には、「dari K」という、インドネシアのスラウェシ島でのカカオ豆栽培から一貫生産している人気ショコラティエもあります。

11 映画では羅生門だが羅城門が正しい

京都駅前にある羅城門の模型

黒澤明監督の映画『羅生門（らしょうもん）』（一九五〇）は、第一二回ヴェネツィア国際映画祭で金獅子賞をとりました。日本映画での受賞は、『無法松の一生』（稲垣浩監督）、『HANA-BI』（北野武監督）がほかにあります。

本来の表記は羅城門ですが、中世から羅生門と書かれることも多かったのです。大きさや形は朱雀門と同じですが、強風に弱く、八一六年に一度倒れて再建されましたが、九八〇年に再び暴風雨で倒れてそのままになりました。

京都駅の烏丸（からすま）口（北口）のタクシー乗り場の近くに、平安京の羅城門の模型が移設されています。平安建都一二〇〇年を記念して、一九九四年に宮大工さんたちの組合が製作したもので、二〇一六年に現在地に移設されました。

幅八メートル、高さ二・四メートル、奥行き二・一メートルと実物スケールの約一〇分の一程度ですが、記念撮影に大きさも手頃で、外国人観光客にも好評です。

千本通は、東海道新幹線のガードをくぐった八条通から旧千本通と西の新千本通が

平安京と現代京都の重ね合わせ

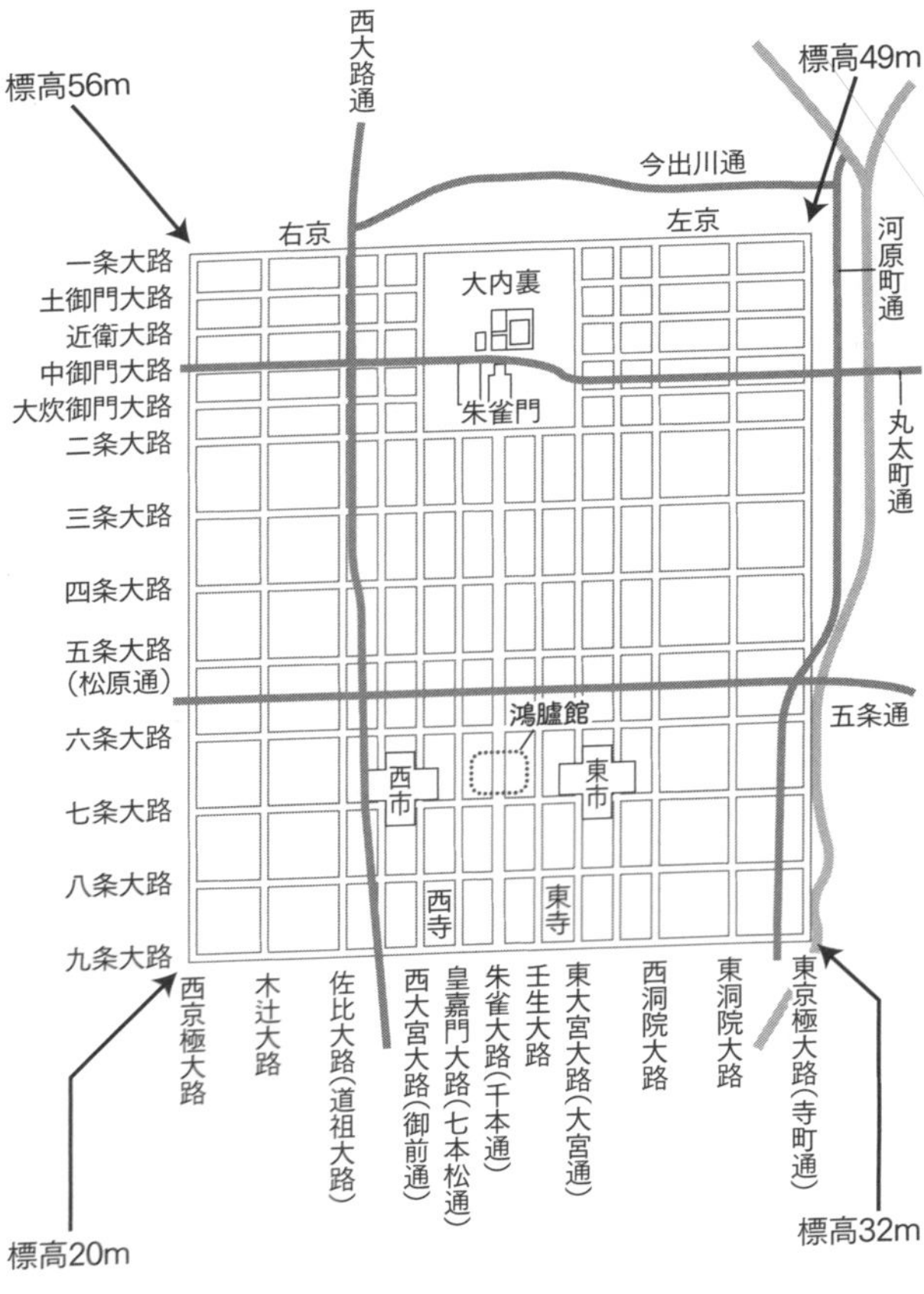
西大路通
標高56m
標高49m
今出川通
右京
左京
河原町通
丸太町通
五条通
一条大路
土御門大路
近衛大路
中御門大路
大炊御門大路
二条大路
三条大路
四条大路
五条大路（松原通）
六条大路
七条大路
八条大路
九条大路
大内裏
朱雀門
鴻臚館
西市
東市
西寺
東寺
西京極大路
木辻大路
佐比大路（道祖大路）
西大宮大路（御前通）
皇嘉門大路（七本松通）
朱雀大路（千本通）
壬生大路
東大宮大路（大宮通）
西洞院大路
東洞院大路
東京極大路（寺町通）
標高20m
標高32m

並行しますが、旧千本通の九条通交差点の少し手前の東側に、羅城門跡があって唐橋羅城門公園になっています。現在の九条通は東寺の前あたりから少し南にそれていますので、ひとつ北にある細い道が本来の九条通です。

近世に南の玄関口になったのは、羅城門跡の少し東側で東寺の南西の隅にあった「四ツ塚門（東寺口）」です。秀吉の建造した御土居の門のひとつで、幕末を舞台にした歴史小説に登場するので名前を聞いたことがある人は多いはずです。

山科から三条へ向かう旧国道を「府道四ノ宮四ツ塚線」と呼ぶので、この門がどこにあるかと不審に思う京都人も多いのです。

日本でいちばん高い東寺の五重塔

東寺の五重塔は、最初のものが八七七年に建立されてから四回焼けていますが、現在のものは一六四四年に再建され、五七メートルで本造建築では日本一（鉄筋では福井県勝山市の清大寺）です。第二位の興福寺の塔は室町時代の軽やかで優美なものですが、東寺の塔は、巨大な御堂が何重にも重ねられた重厚なイメージです。

当時は、高い建物がありませんので、鳥羽街道を北上してくると、遠くから行く手の右側に東寺の五重塔が超高層建築として聳えていました。

平城京で大寺院が競って建立されたことの反省から、平安京の条坊内では東寺と西寺以外の寺院は認められませんでした。そのうち東寺は嵯峨天皇によって空海（七七四―八三五）に与えられました。

金堂は豊臣秀頼（一五九三―一六一五）が建造した華麗な桃山建築で、本尊は薬師如来です。講堂には平安時代を代表する二一体もの彫刻が並びます（六体は後世の補作）。完成したのは空海の死後ですが、空海の細かい指示によっています。

インド由来の四天王や天部の神々の姿が凜々しく、密教美術の最高峰です。二〇一四年にインドのモディ首相が公式訪問でここを訪れ、インドのテレビ・ニュースでも取り上げられ、日印交流の歴史をインド国民に印象づけました。二〇〇三年の紅白歌合戦では、倉木麻衣さんがここから実況中継したこともあります。

東寺は、八二八年に空海が創設した「綜藝種智院」を起源とする種智院大学も維持していますが、京都大学合格者トップクラスの洛南高校と中学・小学校も経営しています。東寺の境内の北側を中学校と高校が占めています。高校バスケットボールの強豪としても有名ですし、短距離走の桐生祥秀選手、体操の冨田洋之選手、それから、

『光る君へ』で紫式部の夫である藤原宣孝役の佐々木蔵之介（ささきくらのすけ）さんも卒業生です。

毎月二一日は弘法大師の縁日で「弘法さん」です。昔は、京都のベンチャー企業にとって新製品を売り込む場で、オムロンの創業者である立石一真（たていしかずま）（一九〇〇－一九九一）は、ここで一個二〇銭の実用新案「ナイフ・グラインダー（包丁研ぎ器）」をドラム缶に載せて売ったのが成功への第一歩となりました。

グルメ情報　羅城門跡に近い「ミスター・ギョーザ」は、京都でもっともおいしい焼き餃子といわれる店で、デパートや通販でも人気です。

京都駅周辺のレストランは、とても混雑していますが、八条口のほうが烏丸口よりは空いています。たとえば、近鉄京都駅の一階にある「近鉄名店街みやこみち」などは、新幹線に乗る前に食事をするのには絶好の立地です。

12 京都の道は数え歌で憶えよう

平安京の大路小路の現在（東西の道）

平安京では、一四五メートル四方の小路で区切られた正方形の区画が「町」をなし、東西南北に四つずつ並んだ一六個の町を、大路で囲んだ五六〇メートル四方ほどの区画が「坊」です（街路中心軸で測る）。

たとえば、東京極大路（寺町通）、東洞院大路、三条大路、四条大路で東西南北を囲まれた土地がそれです。正方形の四個の町を合わせて「保」ということもありますし、大路で区切られた東西の列を「条」、南北の列を「坊」といって、「条坊制」といわれることもあります。

ただ、大内裏は一条大路と二条大路のあいだで南北一〇区画ですので、通常の四区画ではなく二区画ごとに大路になっています。

また、現在の通りと名前が同じでもずれているものもあります。豊臣秀吉のときに五条大橋と五条通を、もとの六条坊門小路、つまり、五条大路と六条大路の真ん中の通りに移して、四条通と七条通のちょうど中間に五条通があることになりました。

「あねさん六角」の通り歌

丸竹夷

まるたけえびすに　おしおいけ　あねさんろっかく
たこにしき　しあやぶったか　まつまんごじょう
せったちゃらちゃら　うおのたな　ろくじょうさんてつ　とおりすぎ
ひっちょうこえれば　はっくじょう　じゅうじょうとうじで　とどめさす

＜南北の通りの数え歌歌詞＞

寺　御幸　麩屋　富　柳　堺　高　間　東　車屋町　烏　両替　室　衣
新町　釜座　西　小川　油　醒ヶ井で　堀川の水　葭屋　猪　黒　大宮へ
松　日暮に　智恵光院　浄福　千本　果ては西陣

＜京の南北の通り名＞

寺町（てらまち）／御幸町（ごこまち）／麩屋町（ふやちょう）／
富小路（とみのこうじ）／柳馬場（やなぎのばんば）／堺町（さかいまち）／
高倉（たかくら）／間之町（あいのまち）／東洞院（ひがしのとういん）／
車屋町（くるまやちょう）／烏丸（からすま）／両替町（りょうがえちょう）／
室町（むろまち）／衣棚（ころものたな）／新町（しんまち）／釜座（かまんざ）／
西洞院（にしのとういん）／小川（おがわ）／油小路（あぶらのこうじ）／
醒ヶ井（さめがい）／堀川（ほりかわ）／葭屋町（よしやまち）／猪熊（いのくま）／
黒門（くろもん）／大宮（おおみや）／松屋町（まつやまち）／日暮（ひぐらし）／
智恵光院（ちえこういん）／浄福寺（じょうふくじ）／千本（せんぼん）

※建築等で分断され、部分的に消滅した通りもある。
※丸太町通を歩けば、醒ヶ井以外はすべてある。

以下、平安京の大路小路が、いまどうなっているか、まず東西の大路小路から解説してみましょう。カッコ内は平安京の大路小路の現在の呼び方です。

一条から三条

一条大路はいまも一条通です。東は京都御苑で行き止まりになっています。『源氏物語』の時代の葵祭の行列は一条大路を通り、いまの京都御苑（御所だけでなく周囲の公園部分を含む）に入り、御所を横切り、いまの寺町通を北上していました。

そこから、烏丸通を南へ行くと、正親町小路（中立売通）、土御門大路（上長者町通）、鷹司小路（下長者町通）、近衛大路（近衛通）、勘解由小路（下立売通）、中御門大路（椹木町通）ときて、春日小路（丸太町通）が現代の京都御苑南側の通りです。

そして、大炊御門大路（竹屋町通）、冷泉小路（夷川通）の次が、平安京大内裏南側の二条大路（二条通）で、現在は洛東岡崎の疏水から二条城までです。

押小路（押小路通）のあとの、三条坊門小路（御池通）が戦時中に片側四車線に拡幅され、市役所があり祇園祭の観覧席も設けられます。姉小路（姉小路通）のあとが、三条大路（三条通・新三条通）で、東は三条大橋から旧東海道となり、山科区の四ノ宮まで続き、西は天神川から先は北へ外れながら嵐山の渡月橋に至ります。

四条から七条

六角小路（六角通）、四条坊門小路（蛸薬師通）のあとが京都の台所としてグルメ垂涎の錦小路（錦小路通）。

次が大丸や髙島屋のある四条大路（四条通）で京都のメインストリートです。東は八坂神社で、西は桂川を越えて造酒の神様である松尾大社で終わります。

綾小路（綾小路通）、五条坊門小路（仏光寺通）、高辻小路（高辻通）、五条大路（松原通）、樋口小路（万寿寺通）のあと六条坊門小路（五条通）が堀川通との交差点を境に、東は国道一号線、西は九号線（山陰道）になっています。国道一号線はもともと三条通から東大路でしたが、一九六七年に東山トンネルの開通を機にこちらに移りました。

楊梅小路（あまり残っていません）、六条大路（六条通）、左女牛小路（花屋町通）はよく中断します。七条坊門小路を正面通というのは、方広寺大仏殿の門前だったたからです。北小路（北小路通）の次は七条大路（七条通）で、かつては市電の重要な路線で、京阪七条駅は特急も停まるし、京都駅から徒歩でも行けます。

塩小路（塩小路通）は少し南側にずれて京都タワー南側の通りになっており、八条坊門小路は京都駅前広場の中央を通っていましたが消えています。梅小路はJRの線路になって通りは消えていますが、梅小路公園に名を残しています。

八条から九条へ

八条大路（八条通）が京都駅南口（八条口）の通りです。針小路（針小路通）、九条坊門小路（東寺通）、信濃小路（唐橋通）ときて、東寺門前の九条大路（九条通）は、かつては市電も通り、いわば南大路でした。鴨川の反対側の京都第一赤十字病院から葛野大路との交差点まで続きます。さらに南には十条通もありますが、これは、一九〇四年開通の近代の道で、平安京とは無関係です。

旧町名の住所で目的地にたどり着けない

京都では、東京のように銀座三越が銀座四丁目六の一六とされたように、大くりに面で地域を割って番号を振ることなど市民が許さず、昔の町名のままです。さらに、中心部では、「四条河原町上ル」とか「三条烏丸西入ル」とか東西南北の街路で所在地を表現しますので、住所を知っていても、目的地にたどり着けないことが多いのです。

そこで、主な通り名を憶えるためには、東西に走る道については、数え歌という強力な味方があります。京都人もこれを呪文のように唱えてなんとか憶えるのです。南北の道についての数え歌もありますが、これは、通りの数も多すぎてあまりポピュラーではありません。自分で好きなメロディーをつけて憶えたらいいかと思います。

グルメ情報　京都御苑と烏丸通を挟んだ一条の角に和菓子の「虎屋」があります。少し西に入ったところに「虎屋菓寮　京都一条店」と「虎屋　京都ギャラリー」が併設されています。秀吉時代の後陽成天皇のときから禁裏菓子御用を務めていたので、御所観光のあと一休みするのには最適です。日本最古の老舗を名乗っている旅館、工務店、商店などいろいろありますが、たしかな連続性、商売の内容と規模、創業家が関わり続けているといったことでいえば、この「虎屋」と寝具の「西川」、それに「三越」などの三井グループがベスト・スリーだと私は評価しています。

13 西大路・東大路・北大路は市電のための道

平安京の大路小路の現在（南北の道）

平安京の外郭は、北は一条通、南は九条通で、東は寺町通、西は西京極大路の跡は連続した道になっていないのですが、天神川通の一五〇メートルほど東です。豊臣秀吉による町割りの結果、南北の通りが平安京の「町」を二分しているところが多く、東西の通りより複雑ですので、新しくできた道は、重要なものだけ紹介しておきます。また、消えたり途中で曲がっているものもあります。

南北の通りでは、東京極大路（寺町通）の東側の鴨川までのあいだに、先斗町通、木屋町通、河原町通、新京極通、鴨川の向こうに川端通、大和大路（縄手(なわて)通）、東大路があります。歴史的な洛東の幹線道路は大和大路ですが、明治以降、三条と四条のあいだは東大路（東山通ともいう）が開発され、北大路から九条まで市電が敷設されました。沿線に京都大学や祇園祭で有名な八坂神社があります。

1961年3月31日当時の路線

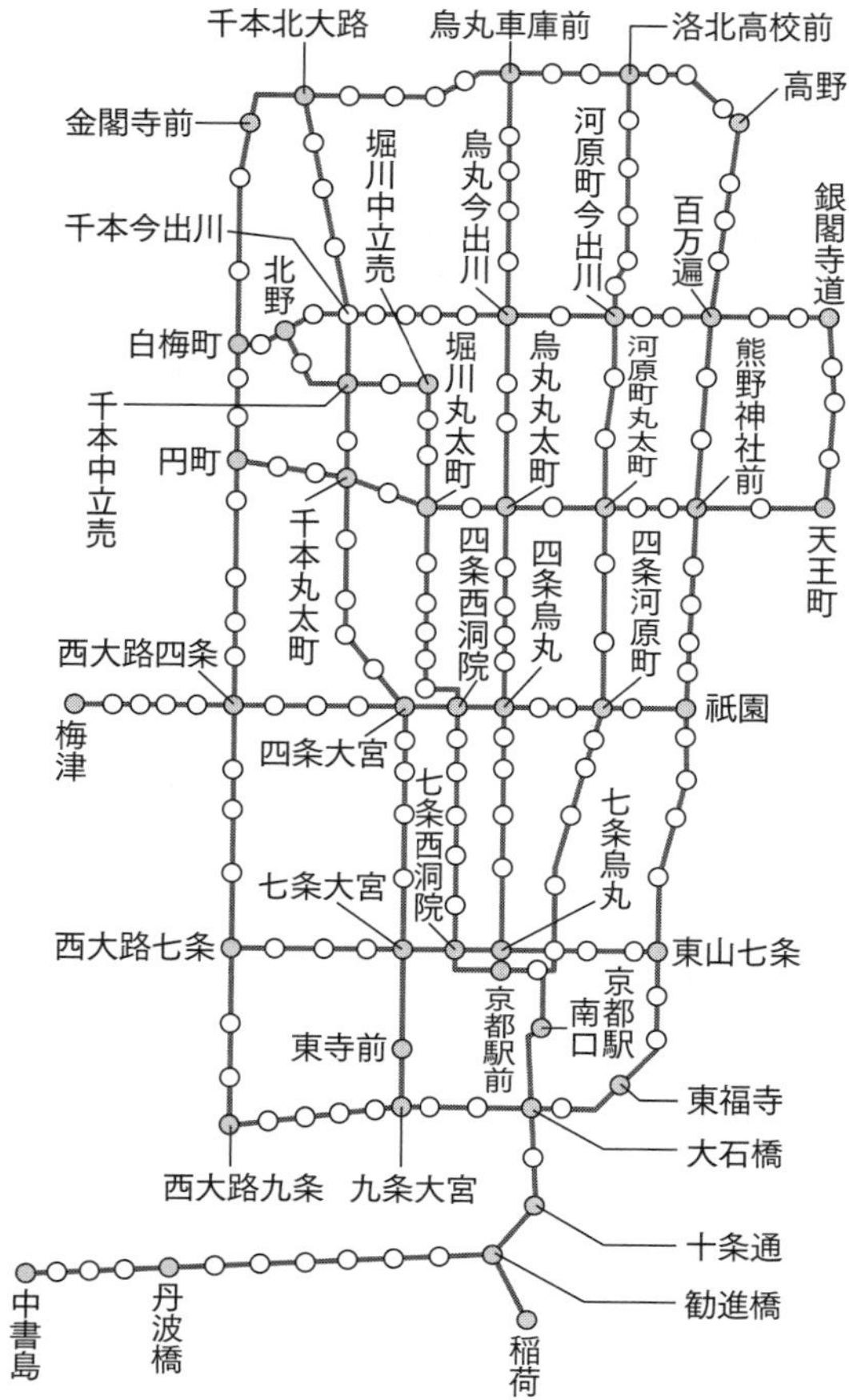

寺町から堀川まで

寺町から西へ行くと、豊臣秀吉の町割りで、大路小路の真ん中にもう一本道が入っているのでそれも紹介します。御幸町通、富小路（麩屋町通）、現在の富小路通、万里小路（柳馬場通）、堺町通、高倉小路（高倉通）、間之町通、東洞院大路（東洞院通）、車屋町通、京都駅前の烏丸小路（烏丸通）となります。

烏丸通は北大路ターミナル（かつては市電の烏丸車庫でしたが現在は地下鉄の駅があり、バスのターミナルになっています）から、京都駅まで続く南北のメインストリートで、いわば現代の朱雀大路です。そのあと、両替町通、室町小路（室町通）、衣棚通、町尻小路（新町通）、釜座通、西洞院大路（西洞院通）、小川通（南部では天使突抜通）、油小路（油小路通）、醒ケ井通です。

二条城東側の堀川小路が戦時中に拡幅され堀川通になり、五条以南では国道一号線です。室町は足利幕府の花の御所があったところですが、京都駅の南北自由通路はこの通りの延長です。さらに八条以南では、少し西にずれて油小路が一号線で、九条で右折、東寺の前を通って壬生通を左折して大阪をめざします。

大宮から北野天満宮へ

葭屋町通、猪隈小路（猪熊通）、黒門通、そして大内裏の東側だった大宮大路（大宮通）があります。二条城で中断されますが、上賀茂に近い御薗橋通から洛南の久世橋通まで続きます。

これより先は、二条通より北は大内裏ですから大路小路はなく、また、新旧の道路が一致する度合いが減りますので、平安京の大路小路以外は、二条通より南側での主なものに留めます。

櫛笥小路（松原より南で櫛笥通）、壬生大路（四条付近より南が壬生川通。ＪＲガード以南は壬生通）、坊城小路（三条より南の坊城通）、そして朱雀大路（千本通）となります。ついで、西坊城小路（四条より南は東新道）、皇嘉門大路（今出川あたりまでの七本松通）、西櫛笥小路（四条付近の西新道）と続きます。

七本松通は寺ノ内通から十条までですが、今出川の北には上七軒の花街、五条の南には京都リサーチパークがあります。

大内裏西側の西大宮大路（寺ノ内通以南が御前通）の一条より北のあたりは、『源氏物語』に出てくる右近の馬場があり、騎馬イベントが人気でした。現在の北野天満宮の門前です。北野天満宮の境内の西部に天神川が流れ、秀吉は御土居の一部として活用しました。つづいて、西靭負(にしゆげい)小路は、その少し西に天神通があります。

消えた西京極大路と新しい西大路

西堀川小路、野寺小路は、だいたい消滅していますが、このふたつの中間に近代になって開かれた西大路通という道路があります。野寺は、北野廃寺とか蜂岡寺ともいわれ、秦河勝が創建し広隆寺に発展した寺院で、北野白梅町にありました。

西大路沿いには四条に阪急西院駅、丸太町にJR嵯峨野線円町駅、今出川に嵐電北野白梅町駅があります。さらに西へ行くと、道祖(さい)大路(佐井通または春日通)、宇多小路(佐井西通)、馬代(ばだい)小路(馬代通)、恵止利(えとり)小路(西小路通・葛野東通)、木辻大路(木辻通)、山(やまの)小路(まとまった通りになっていないが地名としては痕跡あり)となります。無差(むさの)小路(葛野大路通)は、新二条通より南は幹線道路となって九条まで続きます。

西京極大路そのものは痕跡がないのですが、少し西側に天神川通が開かれて、これが実質的には西京極大路の後身というイメージです。阪急西京極駅の近くには、駅伝のゴールに使われておなじみの「たけびしスタジアム京都」があり、北へ向かうと三菱自動車工業京都製作所、地下鉄東西線の終点である太秦天神川駅、京都先端科学大学（旧京都学園大学）があります。

この道は、北へ行くと双ヶ岡（ならびがおか）、宇多野を通って仁和寺（にんなじ）の西からは周山街道となり、紅葉の名所である高雄神護寺、さらには旧京北町へ向かいます。北山杉が美しい街道です。

グルメ情報　大宮通の北大路より少し北には「中華のサカイ」、御薗橋から少し西には、「みその橋サカイ」があります。ここの独特の酢味噌味の冷麺は京都人にとっては、ソウルフードのひとつです。どちらもの冷麺もおいしいですが、みその橋のほうが少しマイルドだといわれています。

14 怨霊の都の菅原道真と安倍晴明

世襲派に対する最後の大スター道真

菅原道真の邸宅は、下京区西洞院六条にあって菅大臣神社になっています。九〇三年に菅原道真が大宰府で没したのち、都で災禍が続き、とくに、御所清涼殿に落雷して公卿に死者が出ました。

そこで、道真は雷神であるとされ、九四二年に北野の火之御子社に道真を祀れという託宣があちこちに下り、藤原師輔（道長の祖父）によって自邸の建物が寄付され、一条天皇から「北野天満宮天神」とされました。

一五八七年には有名な北野大茶湯が境内で開かれ、境内を囲むように京都の城壁である「御土居」が築かれ、一六〇七年には豊臣秀頼の寄進により絢爛豪華な権現造の社殿が建立されました。

京都市民は大歓迎し、豊臣家にご利益があるだろうと噂し合ったのですが、あまりもの評判が徳川家康を刺激し、かえって豊臣家滅亡の原因のひとつになりました。

江戸時代には、学問の神として信仰されるようになり、受験生やその親たちがお参りに訪れて繁盛しています。

北野天満宮の鳥居前交差点は、大内裏の西側の通りである御前通（西大宮大路）の突き当たりで、一条通より二〇〇メートルほど北にあたります。また、かつては、千本通のチンチン電車が中立売通で西に曲がって北野天満宮前まで来ていました。

平安時代は、奈良時代に政争ごとに多くの人が殺されて皇位継承者すら不足したのに懲りて、嵯峨天皇時代の「薬子の乱」（八一〇）を最後に死刑が廃止され、権力闘争も命懸けでなくなりました。

そこで皇室でも藤原氏でも子供が増えるばかりになり、皇室では臣籍降下させて源氏や平氏が生まれ、藤原家では分家が増殖してポストを独占したので、あぶれた多くの氏族が朝廷を去りましたが、菅原氏、清原氏、大江氏などは学識で官僚として要職を占め続けました。

律令制は、法律や文書が大事な世界ですので、世間常識とか人心掌握だけでは要職が務まらなかったのですが、日本では科挙がなかったので、門閥貴族と学識官僚で綱の引き合いとなり、官僚派の最後の大スターが菅原道真です。

もっとも、道真も斉世親王（宇多上皇の子）を娘婿とし、自らも門閥貴族になろうとしていたようです。そのために、藤原氏と正面衝突になり失脚したのです。

そののちは、国としての統一的な政策も重視されなくなり、上皇や藤原氏の利権争いになり、武士の世では、法律らしきものすらないに等しく、場当たり的にみんなが喜び納得する決定をすることが正義になりました。

なにやら現代に似ていますが、そういう政治なら世襲でもできたわけで、世襲議員が政治主導といって官僚たたきをするいまの政治の源流になりました。

怨霊八柱

北野天満宮が梅の名所としても知られているのは、道真が左遷されて大宰府へ向かうときに、「東風（こち）吹かば　匂いおこせよ　梅の花　主なしとて　春な忘れそ」と詠んだあたりから始まっています。中国伝来の梅は、『万葉集』で桜より歌が多いし、平安時代の後半になるまでは、花見といえば梅でした。

京都は怨霊の都といわれます。怨霊八柱、つまり、早良親王、伊予親王、藤原吉子、橘逸勢、文室宮田麻呂、吉備真備、藤原広嗣、菅原道真をまとめて祀ってあるのが、同志社大学の北にある上御霊神社で、畠山家の跡目争いから応仁の乱が勃発したのは、この境内でのことです。

紫式部の父親である藤原為時（九四九？－一〇二九？）が仕えた花山天皇から深く信頼された側近に、『光る君へ』でも主要配役のひとつになっている陰陽師・安倍晴明（九二一－一〇〇五）がいます。天文学を習得し、副産物として数学的素養があったので、財務官僚としても辣腕を発揮し、国司のなかでもおいしいポストである播磨守になりました。

堀川一条の屋敷跡にある晴明神社は近年、大賑わいで、このあたりの堀川通が晴明神社参道と名乗るほどです。この晴明神社の場所は清明の旧居の跡だといわれてきましたが、最近の研究では、現在の京都府庁の北側にある京都ブライトンホテルのところのようです。

グルメ情報　天満宮の東にある花街の上七軒に、和菓子の「老松」があります。夏みかんのゼリーが絶品ですが、「香梅煎」という梅こぶ茶や、麩焼せんべいの「菅公梅」も名物です。また、今出川通の向かい側には、一七世紀の天和年間創業の粟餅所「澤屋」があって、餡で包んだ餅ときな粉をまぶした餅をセットでいただけます。

15 平安京大極殿跡と桐壺などの跡を歩く

安政年間に建てられた現在の京都御所

平安時代の建築は、京都の町中にはひとつもありません。王朝文化を偲ぼうと思えば、安政年間の建築である京都御所と、明治時代の平安神宮しかないのです。

平安神宮の祭神は、桓武天皇と孝明天皇（一八三一－一八六六）です。明治天皇（一八五二－一九一二）のときに、この都を建都された桓武天皇と、お父上である孝明天皇を祀られました。きっかけは、第四回内国勧業博覧会を京都で開くことになり、そのパビリオンとして大極殿を復元したものを建てようということでした。

大極殿は、本来は、もっと巨大なものだったようです。平安時代には、巨大建築といえば、「雲太、和二、京三」といわれました。海辺にそそり立っていた出雲大社の神殿が最大で、奈良の大仏殿と平安京大極殿がそれに次いでいます。

火災による焼失のために、なんどか再建されていますが、桓武天皇創建のものは、二層入母屋造、九世紀後半の元慶時代のものは単層寄棟造、一〇七二年（延久年間）の第三次のものは単層入母屋造で、これを『年中行事絵巻』などを参考にして

大極殿跡マップ

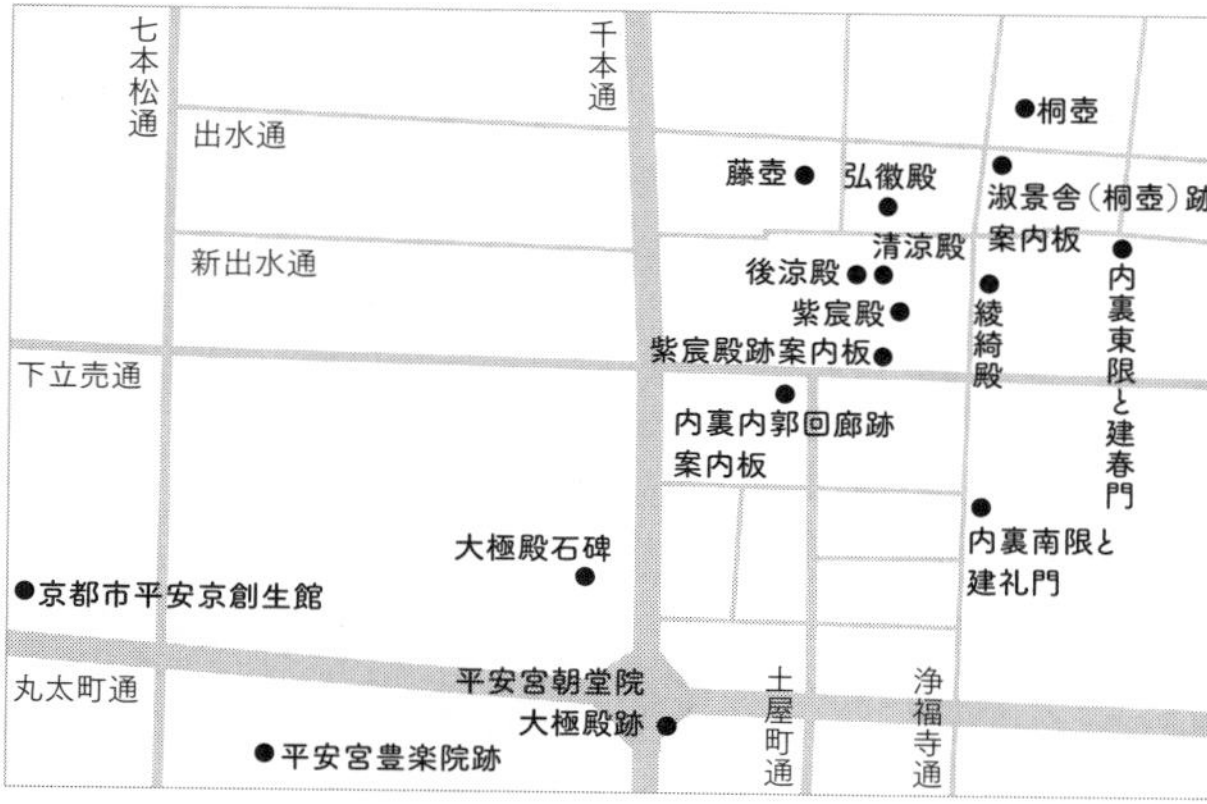

縮小復元したのが平安神宮です。この第三次大極殿も一一七七年の大火で消失し、再建されませんでした。

ともかく、市民にも献金をよびかけて建てた平安神宮ですので、ほかの神社とは少し位置づけが違い、お札も町内会を通じて配られたりします。

平安京の大内裏は、東西約一一六四メートル、南北約一三九四メートルで、築地（ついじ）を周囲に巡らし、外側に御溝水（みかわみず）が流れていました。築地には南北面に各三、東西面には各四、計一四の宮城門が開いていました。

正門は朱雀門で、羅城門と並んで重要な門です。正面に朝堂院（ちょうどういん）があり、最初に応天門があって、東西両廊に栖鳳・翔鸞の二楼が連なります。これも含めて平安神宮として再建されて印象的な風景になっています。

続いて会昌門があって、これをくぐると広い広場が現れます。平安神宮では広場には何もなく回廊で囲まれているだけですが、平安宮朝堂院では建物がいくつもありました。そして、龍尾壇という仕切りで少し高くなった奥に大極殿がありました。

北京の紫禁城に当てはめると、朱雀門が天安門、応天門が午門、会昌門が太和門で大極殿が太和殿になります。

朝堂院の西側には豊楽（ぶらく）院があって、これは饗応の場でした。官衙として太政官などは朝堂院の東に、倉庫が多い大蔵省が大内裏北部にありました。

西陣の地下に眠る「桐壺」の巻の世界

帝の生活空間である内裏は朝堂院の北東方向にあって、正門は建礼門で、さらに承明門をくぐると紫宸殿前の広場で、左近の桜、右近の橘が植えられていました。

紫宸殿の西北に清涼殿があって、これが天皇の生活の中心です。内裏には、このふたつを含め一七の主要な宮殿があって、仁寿殿・承香殿・常寧殿・貞観殿・春興殿・宜陽殿・綾綺殿・温明殿・麗景殿・宣耀殿・安福殿・校書殿・後涼殿・弘徽殿・登花殿、それに妃たちの住まいがありました。

『源氏物語』に登場する桐壺更衣とは、内裏の北東の隅にある淑景舎（桐壺）に住んでいたことから名付けられ、帝に清涼殿に呼び出されると、弘徽殿などを通らねばならず意地悪されたので、帝は清涼殿の西側にある後涼殿に移しましたが、これがますます恨みを買うことになります。藤壺中宮が住んだのは、後涼殿の北側の飛香舎でした。

内裏の跡は、大極殿の跡である千本丸太町の交差点から北東一帯に広がっています。普通の住宅街ですが、交差点から千本通を北へ行き、最初の信号を右に曲がると下立売通で、この通りともう一本北の新出水通にたくさんの案内看板が設置されていますので、迷うことはないと思います。案内板には他の案内板の位置も書いてあるので分かりやすいです。

現在の京都御所では、戦争中に空襲を恐れて建物を整理したことと、近世に生活の便利を考慮して改造したので、紫宸殿や清涼殿はもとのままですが、あとは東側に、小御所、御常御殿、御学問所といったものがあって、その東側には御池庭があります。

御常御殿のあるあたりが、位置関係としては桐壺のあたりです。ここでは現代の地図に落としていますが、京都御所内の地図との重ね合わせは216ページにあります。御所の公開のときには、京都御所西側の宜秋門から入って、承明門の前から紫宸殿の前の南庭に出て、紫宸殿の西側から裏に回って御常御殿や庭を拝見することになっています。

なお、朝堂院などは平清盛（一一一八－一一八一）時代の一一七七年、大内裏内の内裏は鎌倉時代初期の一二二七年に焼亡したのちは再建されませんでした。大極殿の機能は紫宸殿で間に合わせることにしました。また、火事などで内裏がないときは、貴族の邸宅などを里内裏として仮住まいしました。そのうちのひとつに定着したのが京都御所ですが、江戸時代の寛政年間に平安時代の内裏に似せたものになりました。

機能からいえば、現在の皇居新宮殿が紫宸殿などを、天皇ご一家が生活される御所が京都御所の御常御殿を引き継いだものといえます。

グルメ情報 千本今出川を少し上がったところにある「五辻の昆布」では、塩昆布、佃煮、おぼろ昆布からスナックまで、最高の昆布を使った商品のバラエティと品質が素晴らしいです。

16 藤原道長の法成寺と土御門殿

「この世をば〜」もここ

御堂関白という藤原道長の通称は、鴨川のほとりに法成寺という宇治の平等院のモデルになった寺院を創建したことにちなむものです。

道長が長く住んだのは、土御門殿です。土御門殿というと、現在の京都御所の前身になった南北朝時代の里内裏・土御門東洞院殿と混同されやすいですが、道長の土御門殿は、土御門大路南・富小路東・近衛御門大路北・東京極大路西にありました。

現在の京都御苑の東端で、京都迎賓館の南側、清和院御門から仙洞御所の庭のあたりの南北に細長い二町を占めていました。もともと、左大臣 源 雅信（九二〇—九九三）の邸宅で、娘の倫子と結婚した道長が継承しました。

道長の姉で一条天皇の母・詮子（九六二—一〇〇二）も住み、道長の娘で一条天皇の中宮・彰子（九八八—一〇七四）はここで後一条天皇と後朱雀天皇を産み、彰子の妹・嬉子（一〇〇七—一〇二五）は後冷泉天皇を出産しました。

一〇一六年に火事で焼けたあと、諸国の受領たちが競って奉仕して再建されまし

財政難で取り壊されそうだった京都御所

た。このとき、清和源氏の嫡流・多田源氏の祖で大江山での酒呑童子討伐の伝説でも知られる源頼光（九四八―一〇二一）が家具・調度すべてを献上したエピソードはよく知られています。

道長の三女の威子（一〇〇〇―一〇三六）が中宮となり、太皇太后彰子、皇太后妍子（九九四—一〇二七）、皇后威子と、三后を道長の娘で独占した祝宴で、道長が「この世をば　我が世とぞ思ふ　望月の　欠けたることも　なしと思へば」と詠んだのもここです。

その土御門殿と東京極大路（現在の京都御所清和院駐車場）を挟んで向かい側には法成寺の伽藍がありました。鴨沂高校のあたりから河原町通を越して鴨川の堤までで京都府立医科大学の敷地の南半分を含んでいます。

赤染衛門（九五六？—一〇四一？）が著者といわれる『栄華物語』などによれば、一〇一九年に出家した道長が無量寿院（阿弥陀堂）を建てたことを始まりとし、金堂・五大堂・十斎堂・西北院・五重塔などが建立され、一〇二二年に寺号を法成寺としました。

この建築にあっては、羅城門や朱雀門の礎石まで持ってきて利用しましたが、桓武天皇の平安京から、摂関家の都への移り変わりを象徴する出来事でした。

阿弥陀堂は西方浄土の方角にあり、前には大きな池があり、九体の阿弥陀如来像が並んでいたといいますから、浄瑠璃寺の阿弥陀堂と似た風景だったでしょう。造仏した定朝は、仏師としては初めてとなる法橋の地位を与えられ、のちには平等院や日野法界寺の本尊も彫りました。法成寺金堂の本尊は大日如来でした。

道長は、一〇二七年一二月四日に死去しましたが、阿弥陀堂で九体の阿弥陀如来の手と自分の手を糸で繋ぎ、浄土へ旅立つことを祈りながら大往生したといいます。また紫式部が仕えた彰子もここで亡くなっています。

『徒然草』に描かれた法成寺

法成寺は、一〇五八年に全焼し、再建されましたが、鎌倉時代に入ると荒廃し、吉田兼好の『徒然草』には、土御門殿とともに廃墟となっている様子が描かれています。「京極殿（土御門殿の別名）・法成寺など見るこそ、志留まり、事変じにけるさまはあはれなれ。御堂殿の作り磨かせ給ひて、庄園多く寄せられ、我が御族のみ、御門の御後見、世の固めにて、行末までとおぼしおきし時、いかならん世にも、かばかりあせ果てんとはおぼしてんや」「無量寿院ばかりぞ、その形とて残りたる。丈六の仏九体、いと尊くて並びおはします。行成大納言の額、兼行が書ける扉、なほ鮮かに見ゆるぞあはれなる」とあります。阿弥陀堂は健在だったようですが、それも一三三一年に焼亡しました。

ちなみに、土御門大路は、平安京ができたときには、平安京の北限である一条大路だったという説もあります。平安京は西半分、とくに南西部は早くから廃れて、北東に向かって広がっていたのですが、需要に応じて正親町小路と現在の一条通をあらたに開発して三〇〇メートルほど北に寄せたというのです。

そのときに、大内裏の近衛御門大路の北に上東門を設けたのですが、これは、瓦などを葺いた本格建築でなく、築地を壊して簡単な扉などを付けただけの土の門だったのでそういう名前になったという人もいます。

いずれにせよ、鴨川の対岸の京都大学東南アジア地域研究研究所あたりから西を見たら、五重塔なども備えた法成寺の伽藍や道長邸の偉容が望めたはずです。

藤原道長の邸宅としてもっとも有名なのは、東三条殿であって、寝殿造の代表作とされ、三条通にある京都文化博物館に復元模型が展示されています。

ただし、この邸宅がことさら重要になったのは、道長の子、頼通の嫡孫である師通のころから、摂関家としての行事を行うイベントスペースとして固定化され、いわば公邸として位置づけられるようになったからです。

南北に二区画を占めていたので、三条坊門小路（御池通）北・町尻小路（新町通）

西・二条大路南・西洞院大路東にありました。

しばしば、里内裏などになって天皇が住んだり、あるいは、上皇や摂関家出身の妃などが住んだので、ここで生まれたとか、冷泉上皇や後朱雀天皇のようにここで崩御された帝もおられます。藤原定子(さだこ)を母とする敦康(あつやす)親王(九九九―一〇一九)が亡くなったのもここです。

平清盛の義妹で後白河天皇に寵愛された平滋子(しげこ)が産んだ皇太子・憲仁(のりひと)親王(後の高倉天皇)の立太子(りったいし)の儀も一一六六年に執り行われ、その御所となりましたが、同年、親王の着袴(ちゃこ)の儀が行われた二日後に火災で焼失し再建されなかったのは、摂関家没落の象徴でした。

グルメ情報 出町のレトロな商店街も最近は観光客にまで人気がありますが、「出町ふたば」という和菓子屋さんの豆餅は大人気でいつも長蛇の列。

17『源氏物語』に登場する大内裏周辺の邸宅や公共施設

京都御所や三条通周辺に集中

二条院は、『源氏物語』の主人公・光源氏が育ち、また、元服して最初の邸宅となったところです。場所は二条南・東洞院東（二条北・西洞院西という説もある）です。光源氏の母・桐壺更衣の里邸となっています。

元服した光源氏に桐壺帝は、御所の中の淑景舎（桐壺更衣が最初に住んでいたところ）に部屋を与えるとともに、二条院を修築して与えました。

光源氏の正妻・紫の上はここに迎えられたのち、六条院に移りましたが、晩年はここへ戻って亡くなりました。愛人となった明石の姫君や匂宮も住みました。その東の二条南・高倉東には二条東院があって、やはり愛人の花散里や彼女に養育された夕霧も住みました。

光源氏が最初に結婚した葵の上は、左大臣三条邸（三条南・東大宮東）に住んで

平安京東北部の邸宅

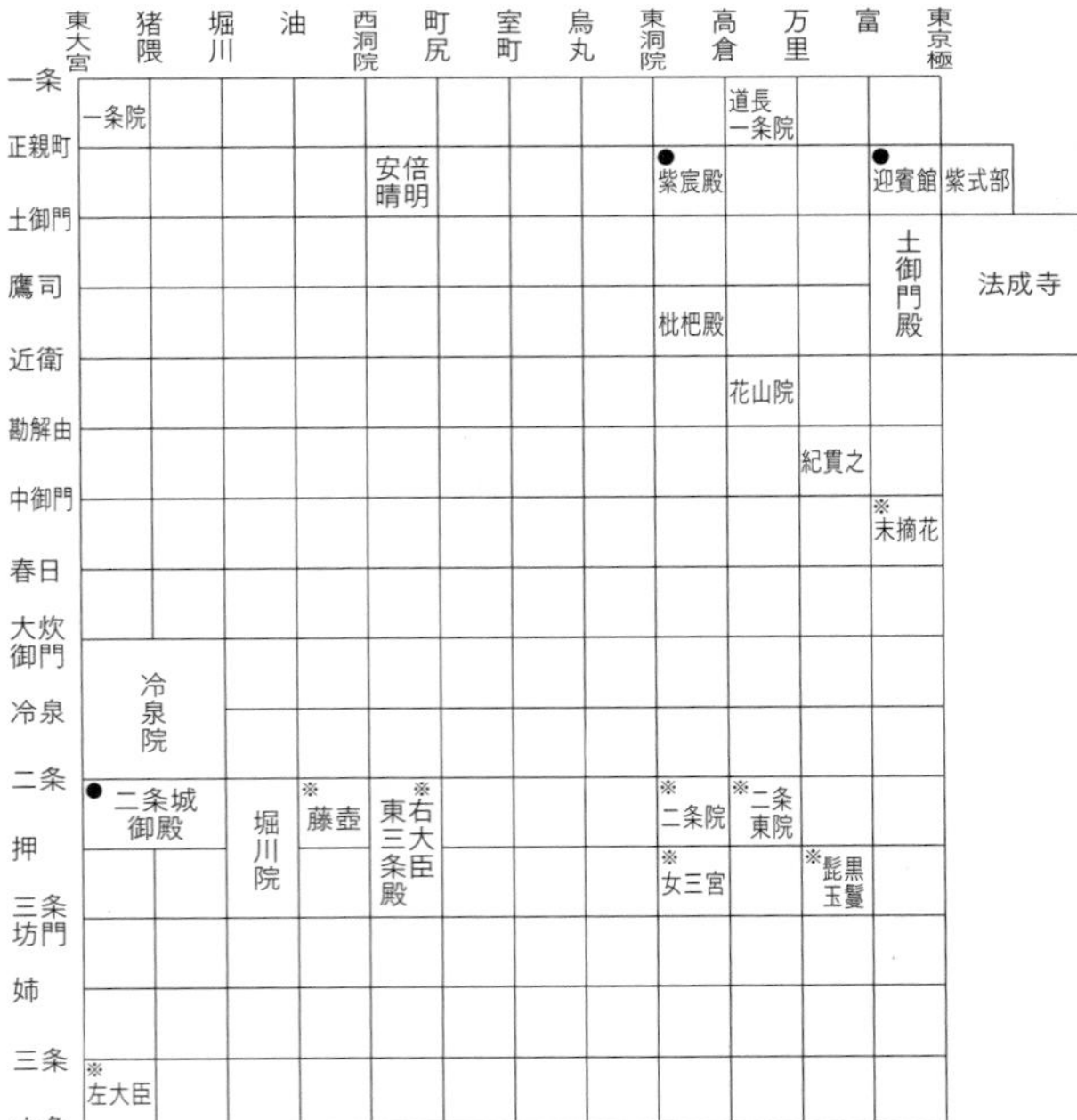

※＝源氏物語 ●＝現代 無印は平安時代

おり、光源氏はそこへ通っていました。長いアーケードで知られる三条会商店街（堀川から千本）の南側です。この三条会商店街は、マラソンの野口みずき選手がいつも練習していたことでも知られています。左大臣の死後、未亡人となった大宮（桐壺帝の妹）が住んで夕霧や雲居雁をここで養育しました。

二条南・西洞院西には、東側に藤壺三条宮がありました。光源氏と密通し冷泉帝を産む藤壺のモデルは、朱雀天皇の娘である昌子内親王（冷泉天皇中宮）といわれるのでその屋敷が想定されています。和泉式部や紫式部の伯父にあたる藤原為頼もこの中宮に仕えていました。慎み深く后妃の徳ありといわれ、仏教に深く帰依しました。

朱雀帝の皇女で光源氏の妻となった女三宮の三条宮は、三条坊門北・東洞院東にありました。三条坊門小路は京都市役所前の大通りになっている御池通です。女三宮は、柏木と不倫して薫を産みましたので、朱雀帝が下賜し光源氏が修築したこの邸宅へ移りました。中宮定子が敦康親王を産んだ平生昌邸がここにあったともいわれます。みすぼらしい屋敷だと清少納言は『枕草子』で不満を記しています。

その二区画東の三条坊門北・万里小路東には、光源氏の愛人の一人である夕顔の娘・玉鬘と彼女に求婚する髭黒とが住む三条邸がありました。「竹河」（第四四帖）

では、娘の大君と中の君の姉妹が碁を打つのを、大君に心を寄せる夕霧の子の蔵人少将が垣間見る場面が描かれています。

ここは、内大臣・藤原高藤の次男で、醍醐天皇の叔父であり、紫式部の夫藤原宣孝の曽祖父にあたる三条右大臣定方の屋敷があった場所といいます。紀貫之の後ろ盾で、小倉百人一首にも歌を残していることは158ページで紹介しています。

光源氏と藤壺の不義の子である冷泉帝は、譲位後は冷泉院に住み、薫もここに住まわせました。冷泉院は二条北・東大宮東の四町を占める大邸宅で、里内裏や上皇御所としてしばしば利用されました。二条城の北東部分に当たります。

桃園宮は大内裏の北側の一条大路北・東大宮西にあって、最初は果樹園でしたが、左京北部の開発が進んで、ここにも邸宅が営まれました。『源氏物語』では、光源氏を振った唯一の女性である朝顔斎院の父の邸宅として登場します。安倍晴明を祀る晴明神社の裏側に当たります。

迎賓館だった鴻臚館は島原の遊郭に

大学寮があったのは、朱雀門の南西側、朱雀大路東・二条大路南の四区画で、二条城とＪＲ嵯峨野線二条駅のあいだの一帯です。

光源氏は、夕霧を官学である大学寮に入れて本格的な学問を学ばせています。律令時代に中国の制度にならって設けられ、さらに科挙にならった試験制度も採り入れられて、小野篁（八〇二―八五三）や紀長谷雄、菅原道真といった官僚政治家を輩出しました。

しかし、藤原氏は勧学院という附属の学寮（オックスフォード大学のカレッジのようなもの）をつくって他の貴族の子弟と差をつけたりしたため、世襲政治家の優位が確立するにつれて、地位は落ちていきました。

紫式部が夕霧を大学寮で学ばせるという設定にしたのは、実力派官僚一家としての世襲政治家への抗議だったといえるかもしれません。

鴻臚館は外国使節のための迎賓館で、桐壺帝が幼い光源氏を鴻臚館に滞在していた高麗人に人相占いさせたところ、「帝位につく人相ですが、そうなると国が乱れる」ということでしたので、帝は光源氏を臣下にしたとしています。鴻臚館は朱雀大路と七条大路北の両側にありましたが、東鴻臚館のあとはのちに島原の遊郭になりました。

このほか、『源氏物語』に登場するわけではありませんが、当時の平安京の重要施設を少し紹介しておきましょう。一条院は一条南・東大宮東、つまり大内裏の北東の角と東大宮大路を挟んだ一町を占め、一条天皇の里内裏でした。

天皇の母である藤原詮子によって整備され、九九九年の内裏焼亡のときも里内裏として使われ、紫式部が彰子に初めて仕えたのはここでした。堀川に架かる一条戻橋の向かい側、晴明神社の少し南です。

一条大路の北側には、右近の馬場と左近の馬場があって競馬などを見物に貴族たちが出かけ、社交場であり男女の出会いの場でした。『源氏物語』にも登場する右近の馬場があったのは、北野天満宮と今出川通を挟んだ南側の一帯です。

平安京の各区画は中国式に塀に囲まれ、小邸宅は門を街路に設けられず、また、商業施設は東市（現在の西本願寺周辺）と西市（現在の七条西大路の北東一帯）に限られていましたが、紫式部の時代あたりから、徐々に街路に面した住宅や商店が出現し始めていたようです。

グルメ情報　京都の人は日本茶も好きですが、コーヒーや紅茶も大好きです。三条通の寺町界隈では、紅茶の「リプトン」や「イノダコーヒ」は老舗です。イノダコーヒの現在の社長は、加賀百万石の前田家のご当主です。創業家から投資ファンドに所有権が移ったからのようです。総務省による家計調査（二〇二三年）では、京都市民のコーヒー購入額は滋賀県大津市についで二位でした。

京都を詠んだ百人一首のうた

NO	作者	和歌	場所
8	喜撰法師	わが庵は都のたつみしかぞ住む 世をうぢ山と人はいふなり	宇治
12	僧正遍昭	天つ風雲の通ひ路吹きとぢよ をとめの姿しばしとどめむ	宮中 （五節の舞を見て詠んだ）
26	貞信公	小倉山峰のもみじ葉心あらば 今ひとたびのみゆき待たなむ	右京区 嵯峨小倉山
27	中納言 兼輔	みかの原わきて流るるいづみ川 いつ見きとてか恋しかるらむ	京都府相楽郡 みかの原
47	恵慶法師	八重葎しげれる宿のさびしきに 人こそ見えね秋は来にけり	京六条鴨川畔 「河原院」にて詠う
49	大中臣 能宣朝臣	みかきもり衛士のたく火の夜は燃え 昼は消えつつ物をこそ思へ	宮中 （「みかき」は宮門を表す）
55	大納言 公任	滝の音は絶えて久しくなりぬれど 名こそ流れてなほ聞こえけれ	右京区 嵯峨大覚寺
60	小式部 内侍	大江山いく野の道の遠ければ まだふみも見ず天の橋立	丹後大江山と 西京区大枝の二説あり
64	権中納言 定頼	朝ぼらけ宇治の川霧たえだえに あらはれわたる瀬々の網代木	宇治
68	三条院	心にもあらでうき世にながらへば 恋しかるべき夜半の月かな	皇位にあったとき 内裏で詠んだ
98	従二位 家隆	風そよぐならの小川の夕暮は みそぎぞ夏のしるしなりける	北区上賀茂神社の 御手洗川
100	順徳院	ももしきや古き軒端のしのぶにも なほ余りある昔なりけり	「ももしき」は皇居を表す

第三章

紫式部の生涯と『源氏物語』の舞台を訪ねる

九体の阿弥陀仏が並ぶ浄瑠璃寺本堂。法成寺はこんな姿だったか

18 光源氏の六条院と源融の河原院

光源氏の六条院を再現する計画も

現代の京都の町では、一条通から九条通までのうち、六条通だけは京都の人でも「聞いたことない」という人も多いのです。実は、六条通は河原町通から西へ向かい、堀川通まで曲がりくねりながらも続いています。

分かりにくいのは、五条通が本来のところから南の六条との中間に引っ越したことも影響しています。突き当たりは、西本願寺の北側にある聞法会館です。ここは、足利義昭（一五三七－一五九七）が上洛直後に御所として使った日蓮宗本山本圀寺でしたが、戦後に山科に移転したのです。烏丸通と堀川通のあいだは、寺内町的な雰囲気で魚屋が多かったそうです。

現在、京都には、寝殿造による住宅建築は残っていません。京都御所は、江戸時代の後期に復古ブームの中で古式を再現するつもりで再建されたものですが、現在の研究水準からすれば、だいぶ後世の様式が入ってしまっています。

そこで、平安時代の邸宅を復元したいとすると、もっとも詳しく部屋の配置や内装が紹介されているのが『源氏物語』における光源氏の住まい「六条院」なのです。ですから、これを物語の通りに再現しようというプロジェクトもあります。

六条院は『源氏物語』の記述によると、四町を占めていました。北東の角が現在の五条河原町の交差点で、北が六条坊門小路（五条通）、西が万里小路（柳馬場通）、南が六条大路（六条通）、東が東京極大路（寺町通の延長だが現在は消滅）に囲まれていました。三〇〇メートル足らず四方で面積は二万坪足らず。だいたい東西本願寺と同じような規模です。

光源氏は、それぞれの町に、その季節にゆかりある女性を住まわせました。東南の春の町は、寝殿・東対（ひがしのたい）・西対（にしのたい）・北対（きたのたい）からなっていて、東対には紫の上が住んでおり、正妻女三宮は、寝殿の西面に住んでいました。

庭は「南の東は山高く、春の花の木、数をつくして植ゑ、池のさま面白くすぐれて、お前近き前栽（せんざい）、五葉、紅梅、桜、藤、山吹、岩つつじなどやうの、春のもてあそびをわざとは植ゑで、秋の前栽をばむらむらほのかにまぜたり」とカラフルでした。寝殿の内部は全面が畳敷きではなく、障子、几帳（きちょう）、屏風（びょうぶ）、簾（すだれ）で区切っていました。

また、六条御息所（ろくじょうのみやすんどころ）（光源氏の年上の恋人で前東宮の妃）の邸の故地を西南の一郭に囲い込み、そこに六条御息所と前坊（桐壺帝の弟で東宮だったが先に死んだようです）の娘で光源氏の養女になっていた秋好中宮（あきこのむちゅうぐう）の里邸として秋の風情を演出していました。

北西の冬の町には、明石の君が住み、松の木で冬の景色を楽しみました。北東の夏の町には、泉や色取りどりの木々で夏の風景が美しく、光源氏の第三夫人というべき花散里が住んでいました。桐壺帝の妃の一人、麗景殿女御の妹で、美しくはありませんが穏やかな女性で、光源氏の長男である夕霧や、玉鬘の母代わりでした。

東本願寺「渉成園」は源融の河原院？

この六条院のモデルになったのが、左大臣・源融（みなもとのとおる）（八二二―八九五）の河原院（かわらのいん）です。嵯峨天皇には二三人の皇子がいましたが、そのうち一七人に臣籍降下させ嵯峨源氏としたのです。源融の母は低い身分の更衣だったので、臣籍降下したのですが、源融は左大臣を二四年も務めました。

陸奥塩竈（むつしおがま）を再現した庭を造らせ、大阪湾から運んだ海水で塩を焼かせました。『伊勢物語』（いせものがたり）にも、「むかし、左の大臣いまそがりけり。賀茂河のほとりに、六条わたりに、家をいとおもしろくつくりて住み給ひけり」と紹介されています。

その跡地の南部は、東本願寺の飛び地である「渉成園（しょうせいえん）」だと伝承されています。場所は少しずれているかもしれませんが、偲ぶよすがにはなります。中国六朝時代の詩人・陶淵明（とうえんめい）の「園日渉而成趣（えんは日々に渉（わた）って趣を成し）」の詞にちなみますが、枳殻（からたち）を植えていたので枳殻（きこく）亭ともいいます。

源融の子孫には大江山の酒呑童子退治をした渡辺綱（わたなべのつな）（源頼光の家来。九五〇―一〇二五）、肥前（ひぜん）の松浦（まつら）家、筑後（ちくご）の蒲池（かまち）家などがあります。松浦家は明治天皇の祖母の実家ですし、松田聖子の本名は蒲池ですから、皇室と松田聖子共通のご先祖かもしれません。

グルメ情報　二〇一四年、鴨川のほとりの二条通にオープンした、ザ・リッツ・カールトン・京都は、六条院の雰囲気をイメージしたとしています。パリの菓子店「ピエール・エルメ」も入っていて、素晴らしいクロワッサンなどを朝食にいただけます。

19 夕顔など光源氏の恋の現場と小野篁の伝説

夕顔の住まいはどこか？

光源氏は平安京のあちこちに恋を求めて出没していましたが、契りを結んだ夜、嫉妬に狂った別の女性に相手の女性が呪い殺されるという恐ろしい事件にあいます。

一七歳の光源氏は、年上の葵の上を妻としながら、義母である藤壺に心を寄せたり、桐壺帝の兄弟の未亡人で誇り高い六条御息所のところにも通っていました。

この夫人は六条大路の東京極に近いあたりに住んでいたようですが、そこへ通うついでに、西洞院五条あたりに住む大弐(だいに)の乳母(めのと)の見舞いに行きました。

そして、隣家に咲く夕顔の花に心引かれていると、「心あてに　それかとぞ見る　白露の　光そえたる　夕顔の花」という歌が書かれた扇に載せて花が差し出されてきました。

中級貴族の女性との恋もそれなりにいいものだと吹き込まれて、この女性の元に通うようになった光源氏は、名月の夜が明けるころ、近所で荒れ果てた「なにがしの院」に、不安に震える夕顔をなだめて連れ出し、一日中、戯れていました。ところが、

光源氏のモデル源融の河原院と東本願寺

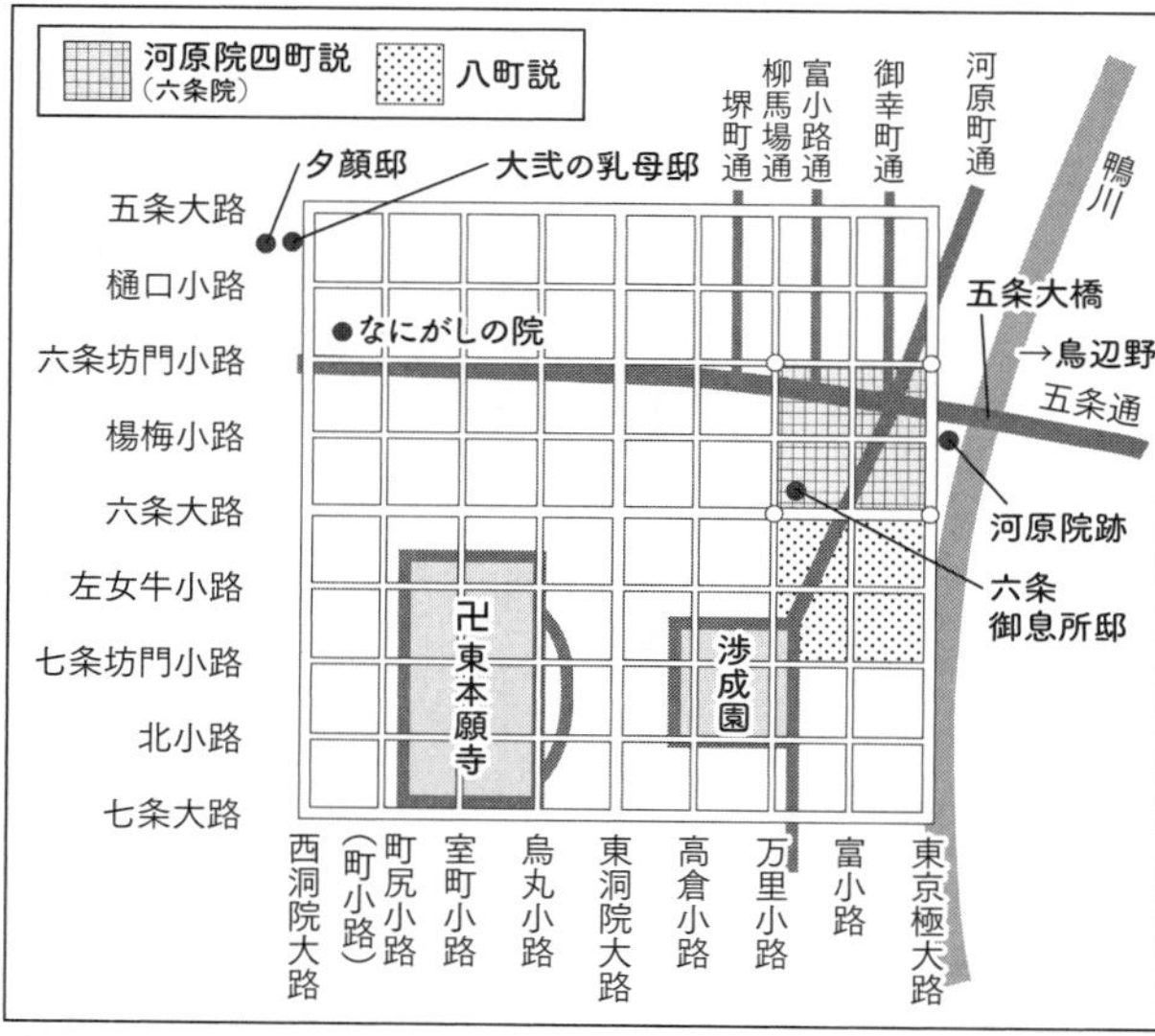

夜になると、六条御息所らしき物の怪が枕元に現れ、「私の所に来ないと思ったらこんな身分の低い女のところに」と言うので、灯火をつけて太刀を抜きましたが、夕顔はすでにことされていました。

このままでは、スキャンダルになりますから、家来たちが夕顔の遺骸を東山の鳥辺野に運び、荼毘に付しました。清水寺の南から今熊野、東大路の五条から九条にかけての地区で、当時、洛西の化野や蓮台野とともに葬送の地とされていました。日本最大といわれており、お彼岸などに墓参りの様子がテレビのニュースでもよく流れる東本願寺の大谷墓地もその伝統を引き継いだものです。

『源氏物語』では、葵の上の葬送の地としても登場しますし、藤原道長が荼毘に付されたのもこのあたりです。

葬送の地・六道珍皇寺の怪人

六道珍皇寺も、洛東の五条と四条のあいだ、六波羅蜜寺の近くにあります。京都ではお盆に先立つ八月七日から一〇日まで、ここの鐘の音とともに先祖の霊である「おしょらいさん」が現世に戻ってくるとされ、「六道まいり」で賑わいます。

この寺は、嵯峨天皇の時代に昼間は朝廷で仕えながら夜は冥府で閻魔様の役人だったといわれた怪人・小野篁が、ここの井戸から冥府と行き来していたといわれます。

また篁は友人の藤原高藤（醍醐天皇の外祖父で、紫式部の夫である宣孝の高祖父）にいたずらして、朱雀門の前で鬼や妖怪が群れて歩く「百鬼夜行」に出会わせて怖がらせましたが、高藤が急死したときには、閻魔様に頼んで蘇生させました。

この六道珍皇寺が、光源氏の母である桐壺更衣や紫の上の葬儀をした寺のモデルとされています。

一方、佛光寺（ぶっこうじ）の南東、堺町通高辻下ルに夕顔が住んでいたという伝承に基づく夕顔町という地名がありますが、近年の研究では、夕顔が住んでいたのは、上記のように西洞院のあたりという説が有力で、このほうが辻褄が合います。

グルメ情報　五条大橋の近くの「半兵衛麸」は、生麸や湯葉の老舗だがレストランも併設。京都らしさをアレンジしたフランス料理というのはなかなか成功しないのですが、パーク ハイアット 京都の「KYOTO BISTRO」は、バランスが良くアイディアも秀逸と京都人にもフランス人にも人気。

20 葵祭・時代祭・祇園祭が京都の三大祭り

平安時代の葵祭は現在と別ルートだった

平安時代には、清少納言が『枕草子』で「祭りのころ、いとをかし」といったように、「祭り」といえば賀茂の祭りというほど大事にされました。

祭りの起源は、まだ飛鳥に都があった五五〇年ころに遡ります。暴風雨がひどいので占ってみると、山城の賀茂社の祭神の祟りによると出たので、四月吉日に馬に鈴をかけて走らせ追い出したところ、豊年だったのが起源です。鈴を鳴らして疫病神を追い出すという仕組みです。

五月三日の下鴨神社での流鏑馬に始まり、一二日に下鴨神社に神霊を迎える御蔭祭、同日深夜には上賀茂に神霊を迎える御阿礼神事が行われます。こうして上賀茂と下鴨の両社に神霊が降臨したところへ、勅使が御祭文を奏上し、御幣物を捧げるのが一五日の葵祭本祭というわけです。

本祭は宮中の儀、路頭の儀、社頭の儀の三パートで構成されるのが本来ですが、現代では宮中の儀は省略されています。勅使をはじめ検非違使、内蔵使、山城使、牛

上賀茂神社・下鴨神社と葵祭

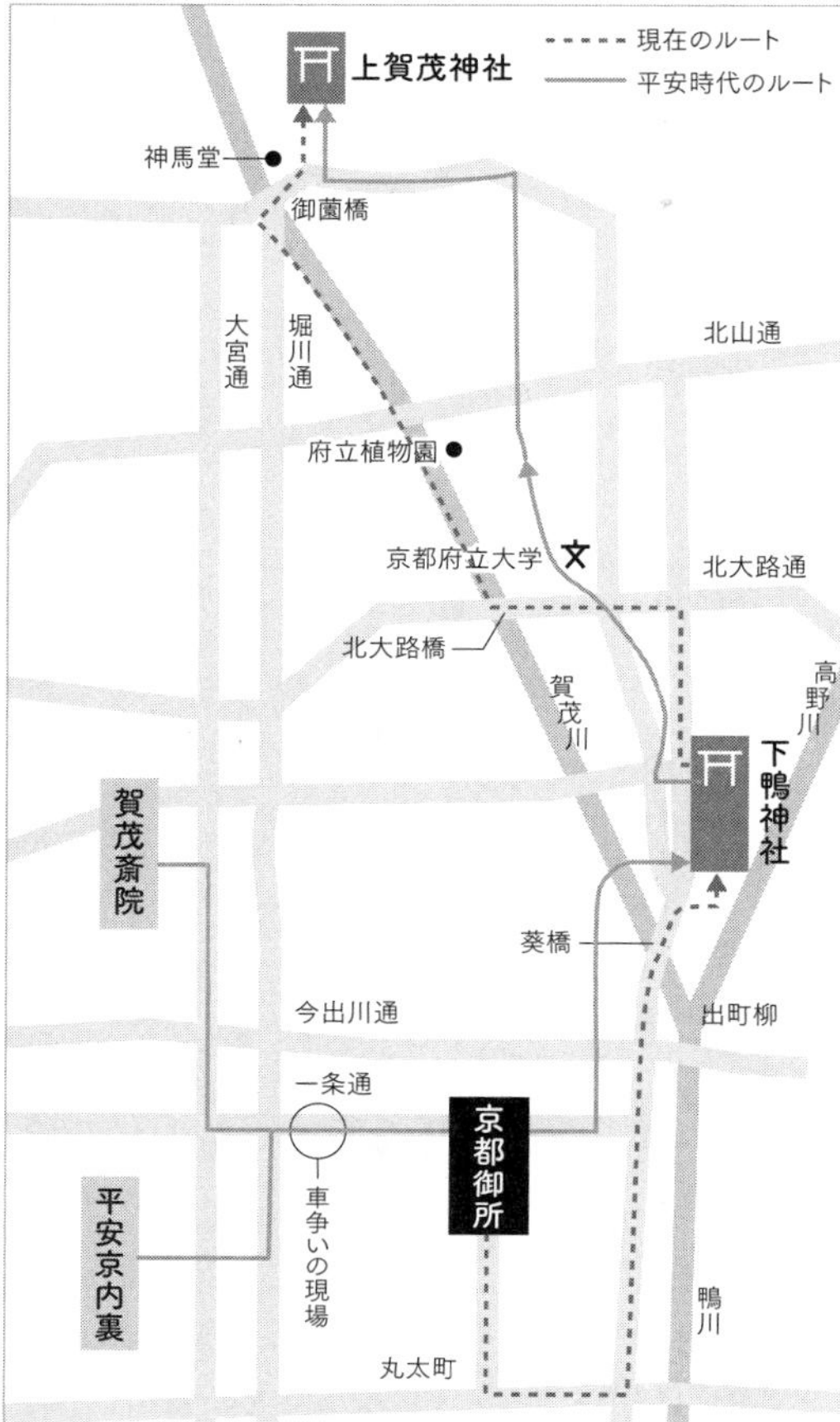

車（しゃ）、風流傘（ふうりゅうがさ）、斎王代（さいおうだい）など、総勢五〇〇余名、馬三六頭、牛四頭、牛車二台、輿（こし）一台が平安時代の装束をつけて列をつくり、京都御所から下鴨神社へ、さらに上賀茂神社へと約八キロの道のりを歩きます。

斎王代は、皇族出身の巫女（みこ）・斎王が執り行うべきものの代理で、戦後になって始まりました。京都の経済人の令嬢が務め、今年の斎王代はどうだったとか京都人らしい感想が飛び交います。

ただし、全国的な話題になるのは、三笠宮殿下の外孫にあたる裏千家（うらせんけ）家元や、華道の池坊（いけのぼう）流家元の令嬢が登場したときに限られます。ときには芸能人でも起用すればいいのにと思ったりもします。二〇二三年には京都御所建礼門前のテントで上皇ご夫妻がご覧になりました。

葵祭は『源氏物語』でも「車争い」という大事件が出てきます。当時の葵祭の行列は、現代のように京都御所から勅使と斎王代が一緒に出発するのではなく、斎王代は住まいの賀茂斎院から出発しました。

賀茂斎院は、大宮通廬山寺上ルの櫟谷七野（いちいだにななの）神社がその故地で石碑もあります。社名の「七野」とは、船岡山麓一帯にあった原野で、紫野・禁野・

柏野（かしわの）・北野・平野・蓮台野・内野のことで、これらの七野の惣社として祀られたといいます。

ここを出発した斎王の行列は、大宮大路を下って一条大路を左折し進むと、一条堀川、現在の一条戻橋のところで内裏からやってきた勅使と合流しました。一条大路には桟敷（さじき）がしつらえられ、藤原道長は、現在の京都御所御常御殿のあたりにあった一条院の北側で正妻の源倫子と見物しました。当時は、一条大路は現在の京都御苑を横切っていたのです。

貴人たちは、牛車に場所取りをさせてそこから見物したのですが、『源氏物語』では、光源氏も参加していた祭りの前日の斎王御禊（ぎょけい）の行列を見るために、西洞院のあたりで六条御息所の車を葵の上の従者たちが押しのけ、車を壊したのです。

光源氏は、その翌日の本祭りのときは、幼い紫の上を連れて見物に行き、源典侍（げんのないしのすけ）から六条御息所の屈辱を聞いたのですが、六条御息所は葵の上に祟るようになって、葵の上は夕霧を産んだあと死んでしまいました。

時代祭と祇園祭のみどころ

京都の三大祭りというと、この葵祭のほかは、時代祭と祇園祭です。

時代祭は、桓武天皇が平安京に入城した日を記念して一〇月二二日に行われます。時代祭の行列のうち、ここでは平安時代関係のものを紹介しておきましょう。

「延暦文官参朝列」は、平安時代初期の朝廷での正装の様子を表したものです。この列が時代行列のトリを務めます。「延暦武官行進列」の主役は坂上田村麻呂です。「藤原公卿参朝列」は、藤原氏一門の公卿たちが正装で朝廷に向かう様子が再現されます。

「平安時代婦人列」は、紫式部、清少納言、百済王明信、小野小町、和気広虫。常盤御前などに扮した女性たちの列です。

平安神宮の時代祭には、全国のあちこちから特別参加したいという要望が来ますが、やんわりと断られています。時代祭の行列は、動く博物館ともいうべきもので、厳密な時代考証がなされ、京の名工たちが腕によりをかけて製作した行列で、各地の時代行列のものとは一桁違うコストがかかっているというのが本音です。

行列は午後四時ごろに平安神宮にもどります。行列が赤い大鳥居をくぐり、神宮道を応天門に進むあたりは、この祭りでもいちばん、絵になるところです。

四条通が東山の中腹に突き当たったところにあるのが八坂（やさか）神社で、そのお祭りが祇園祭です。明治の神仏分離までは「祇園社」などと呼ばれていました。祇園の名前はお釈迦様生前から寺院となった天竺五精舎（てんじくごしょうじゃ）のひとつ、祇園精舎から来ています。サンスクリット語で「祇陀（ぎだ）太子の庭園」というのがなまったものです。神仏分離になった以上は、祇園とか仏教系の名前はおかしいのですが、地名としては残っています。

祇園祭の発祥は、八六九年に災厄除去のために行われた祇園御霊会（ごりょうえ）で、九七〇年から毎年、行われています。一九六六年から七月一七日にまとめて行われていましたが、二〇一四年からは、「前の祭」（一七日）と「後の祭」（二四日）の二度に分けて行う元の形に戻されました。

グルメ情報　祇園祭の味というと鱧（はも）です。鱧は生命力旺盛な魚で、夏の京都にまで生きたまま届いたので京料理で珍重されてきた魚です。小骨が多いのですが、それを骨切りという技術で克服します。「鱧の落とし（ゆでたもの）」などさまざまな料理法がありますが、「鱧寿司（押し寿司）」が祇園祭の料理として大事なものです。

21 若紫の「なにがし寺」は岩倉大雲寺

風情のある出会いの場

『源氏物語』の第五帖「若紫」で、紫の上と光源氏のロマンティックな出会いがあったのは、「北山のなにがし寺」でした。その候補として源義経（一一五九―一一八九）が幼少期を過ごした鞍馬寺を挙げる人もいます。

現代の風景としては、山深くあちこちに僧坊が見下ろせ、幾重にも折れ曲がった道がつづいて物語のイメージにぴったりなのですが、光源氏の邸宅があった二条院あたりから一五キロほどもあって、しかも険しい山道ですから、光源氏が二条院を牛車かなにかで出発して日が昇るまでに加持を終えるには遠すぎます。また、渓谷の奥ですから裏山から平安京を見渡せるというのもありえません。

そこで、岩倉具視（一八二五―一八八三）が幽棲していた旧宅の北西の山中にある大雲寺という寺院が有力とされています。地下鉄国際会館駅前からバスに乗り岩倉実相院終点からすぐです。

『源氏物語』が書かれたころより少し前の時代、公家たちが比叡山に参詣したとき、このあたりに紫の雲がたなびくのを見て、その中の一人である紫式部の母方の曽祖父にあたる藤原文範（九〇九−九九六）が下山後に訪れて観音の霊地であると見いだし、九七一年に創建されたのち園城寺の有力な末寺となり、天台宗寺門派を発展させ天台座主にもなった余慶（九一九−九九一）がここに拠りました。

光源氏は、マラリアを患ったのちの発作を治めるためにこの寺の僧を訪ねたところ、僧は大きな岩の中に座っていたと書いています。「岩倉」の名は、古代の磐座信仰（神が巨石に安座するというもの）に基づくもので、もとは少し南にある山住神社にある巨石を神体としていたのが語源だといいます。

ここから少し山を下ったところに風情のある邸宅があり、そこで、光源氏は幼い紫の上と会いました。藤壺にそっくりの美少女なので、その身の上を聞いたら、あの藤壺宮の兄式部卿宮の子なのですが、母が死んだあと、正妻に遠慮して祖母である北山の尼が面倒を見ているといいます。

少女もイケメンの青年に惹かれますが、やがて、祖母が死んだので按察大納言の旧邸に移り、父親である式部卿宮が引き取ろうかとしている直前に、光源氏が強引に二条院（二条南・東洞院東）に連れて帰りました。

岩倉盆地の現在

大文字の「妙法」の裏側に広がる岩倉盆地は、岩倉具視が朝廷から追放されて隠棲していた場所であり、地球温暖化防止についての「京都議定書」締結の舞台となった京都国際会館もここにあります。

岩倉盆地は比叡山が大きく姿良く見えるところで、大雲寺の近くの実相院、あるいはそれ以上に圓通寺の庭は、比叡山を借景にしていることで知られています。

京阪電車終点の出町柳を始点として鞍馬や貴船に行く叡山電車鞍馬線もここを通り、同志社高校もここです。二条院から岩倉へは、東京極大路（寺町通）を北上して、出雲路橋あたりで鴨川を渡り、下鴨中通を北上し（現在は植物園で中断）、ジュンサイの産地として知られる深泥池の脇から峠を越えて岩倉盆地に入ったとみられます。

このほか、高野川の左岸（東側）を北上して三宅橋から岩倉盆地に入るルートもありえます。

叡山電鉄は、出町柳駅から比叡山に登るケーブルカーへの乗り換え口である八瀬比叡山口駅までが本線で、途中の宝ケ池駅で鞍馬線と分かれます。レトロな車体や駅舎が人気でアニメの舞台にもしばしばなります。

鞍馬の手前の貴船口にある貴船神社は縁結びの神様で、紅葉の名所であり、貴船川の川床（かわどこ）で鮎（あゆ）料理を楽しむのは京都人の夏の楽しみです。

蛍の名所だったらしく、紫式部の同僚だった和泉式部（いずみしきぶ）は、「物思へば　沢の蛍も
わが身より　あくがれ出づる　魂（たま）かとぞ見る」と詠んでいます。

グルメ情報　このルートの高野川沿いには、「平八茶屋」という料亭があります。「麦飯とろろ汁」や若狭からの地の利を生かした「ぐじ（甘鯛）の塩焼き」が名物です。
また、下鴨神社の近くには、「鯖街道　花折」があります。若狭街道の比良山の裏側にある名店の支店です。

22 紫野から嵯峨野あたりと紫式部

「紫式部墓所」は小野篁と並ぶ

紫式部の本名は分かりませんが、宮中では藤式部と呼ばれていたのが、「若紫」の巻が評判になったため、紫の上にちなんでそれが通称のようになったといわれます。ただ、あくまで推測で当てずっぽうです。一方、根拠はありませんが、紫野にゆかりが深いからと思いたい気もします。

平安京大内裏の北側は、天皇や貴族の遊猟地でした。当時の貴族は、江戸時代のような女性的ともいえるような柔な人々でなく、古代豪族の気分を残していたのです。

中世には、内野、上野、北野、萩野、紫野、平野、蓮台野を洛北七野と称するようになったといいますが、そのうち、船岡山周辺に広がるのが大徳寺や今宮神社がある紫野です。染色に使う紫草が生えていたからともいいます。

淳和天皇の離宮「紫野院」があり、八六九年に雲林院という官寺となりました。極楽往生を求めて法華経を講説する菩提講が有名で、歴史物語の『大鏡』は、この菩提講で落ち合った老人の昔語りとして展開されています。『大鏡』は、平安末期に

『源氏物語』と洛北

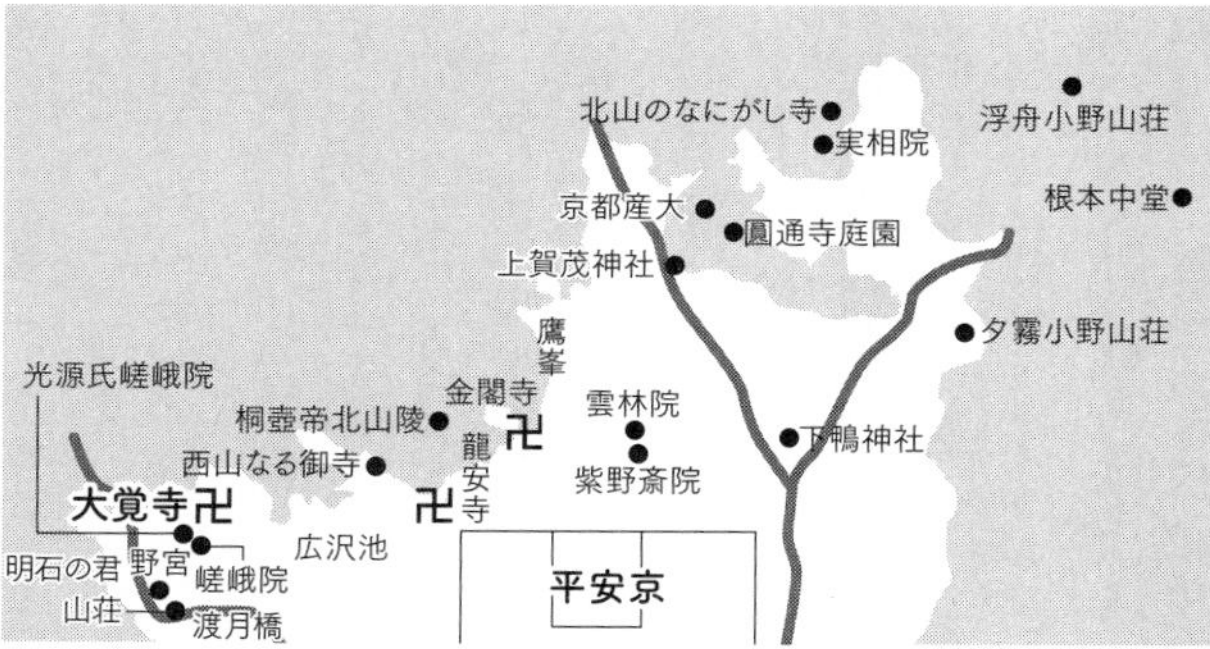

成立した藤原摂関家の栄華や権謀術数の世界を描いたもので、『光る君へ』のネタ本のひとつと思われます。作者は諸説ありますが、藤原道長の外孫で堀河天皇の外祖父である 源 顕房が最有力です。

鎌倉時代からは衰退して、一三一五年には大燈国師が譲り受け大徳寺が創建され、雲林院は大徳寺の院外塔頭として残っています。紫式部は、このあたりで幼少期を過ごしたともいわれ、大徳寺の塔頭で一休禅師ゆかりの真珠庵には、「紫式部産湯の井戸」と称するものもあります。

『源氏物語』の「賢木」の帖（第一〇帖）には、光源氏が藤壺に遠ざけられたのを悲観して出家しようと、雲林院に参籠するエピソードもあり、紫式部が晩年を過ごしたのもここともいわれます。

雲林院から三六〇メートルほど東の堀川通の西側に「紫式部墓所」があり、紫式部と小野篁のお墓が隣接して立てられています。室町初期に成立した四辻善成の『河海抄』（源氏物語の注釈書）にも墓の記載があり、根も葉もない話とは言い切れません。

なぜ二人の墓が並んでいるのか不可思議ですが、平安後期の歴史物語『今鏡』には「色恋の作り話で人心を惑わしたため紫式部は地獄に堕とされた」という記述もあります。そこで、小野篁が閻魔大王に頼んで地獄から救ったということなのでしょうか。

光源氏は須磨・明石に赴く前に、父である桐壺帝の陵を訪れます。その場所は、下鴨神社の北側というのですが、該当する陵はなく、宇多野あたりに宇多・村上・円融・一条天皇陵が集中していますのでそちらのイメージでしょう。

光源氏の兄である朱雀帝は、突然に「西山なる御寺」に隠遁しますが、これは宇多天皇が譲位後に住んだ仁和寺のことでしょう。遅咲きの桜の名所ですが、皇室との関係は深く、金堂は御所の紫宸殿を江戸時代初期に移築したものです。

終戦のころ、近衛文麿は、昭和天皇を退位させることを企て、隠棲先として調査していたのが仁和寺です。

宇多野からさらに西に進むと、嵯峨野です。語源は諸説ありますが、中国の長安郊外の「巀嶭山（さつがつさん）」を「嵯峨山」とも書いたからといいます。嵯峨天皇が愛し、譲位後に嵯峨院が営まれました。空海の保護者ですが、唐の文明を憧憬していた人です。平安初期は百済経由の文化から脱して、純粋な中国文明が好まれた時代で、国風文化が栄えだしたのは、唐が滅びたころからです。

嵯峨上皇の死後、淳和天皇と嵯峨天皇の皇女の子で、いったんは叔父である仁明天皇の皇太子になりながら、内孫の文徳天皇の即位を願う祖母の檀林皇太后（橘嘉智子）の圧力で廃された恒寂入道親王（恒貞親王）が大覚寺としました。

ちなみに、この檀林皇太后は、奈良時代に恵美押勝（藤原仲麻呂／七〇六―七六四）との権力闘争に敗れて獄死した橘奈良麻呂の孫ですが、藤原冬嗣や良房を重用して、ウィンウィンの関係で摂関制への道を開いたというのが歴史の面白いところです。

大覚寺では、亀山法皇や後宇多法皇が院政を行い、「大覚寺統（南朝）」の牙城になりました。南北朝合一のときに、後亀山天皇が吉野から入り、三種の神器を北朝にわたす事件（一三九二）の現場です。

嵯峨野には清凉寺というお寺がありますが、ここは、北宋に渡り五台山を巡礼した奝然（九三八―一〇一六）が釈迦の在世中に栴檀の木で造らせたという由緒を持つ像を模刻した釈迦如来像を本尊としています。中国的な風貌だったそれまでの釈迦像と違う「三国伝来の釈迦像」として珍重され崇敬を集めました。

この奝然は、宋の太宗に謁見し、日本の皇室が万世一系であることを紹介して、「東夷の島国にもかかわらず、国王の位は久しきにわたって世襲し、その臣もまた親のあとを継いで絶えることがない。これこそ古の理想の道」と褒められたという逸話でも有名です。

光源氏は、この嵯峨野一帯を買い占めて嵯峨院を設けましたが、その御堂というのが、この清凉寺の前身のようです。一方、明石の君が京へやってきて住んだ「大堰山荘」は嵐山公園のあたりです。

嵯峨野にある斎王ゆかりの地野宮

野宮神社は、伊勢神宮に仕えることになった斎王が宮城内に設けられた初斎院につづき、ここで身を清めたという「野宮」の旧跡です。斎王というのは天皇の即位ごとに伊勢神宮や賀茂神社に巫女として奉仕した未婚の皇族女性のことです。伊勢神宮の斎王は斎宮、賀茂神社の斎王は斎院と区別することもあります。

斎王は伊勢神宮や賀茂神社へ赴くにあたり、清らかな地として選ばれた「野宮」で心身を清めました。クヌギの木の皮を剝かないまま使用している黒木鳥居が印象的です。『源氏物語』の「賢木」の巻に、斎王になった娘（のちの秋好中宮）とともに野宮で暮らす六条御息所を光源氏が訪れる場面が描かれています。野宮神社では一〇月に斎王が伊勢神宮へと向かう行列を再現した「斎王群行」が行われています。

大原野は京都人にとって少し縁遠い存在です。大原というともっぱら寂光院や三千院がある八瀬大原を思い浮かべます。それもそのはずで、交通もＪＲ京都線の向日町駅のほうからバスで行くのが便利です。

長岡京の西側、西山連山の麓に広がるのが大原野です。小塩山（標高約六四〇メートル）の麓に大原野神社がありますが、長岡京遷都の際に都の守り神として奈良春日大社の分霊を祀ったもので、現在では桜や紅葉の名所です。

春日大社は藤原氏の氏神であるため、紫式部にとっても大事な場所です。『源氏物語』の「行幸（みゆき）」の巻（第二九帖）では、冷泉帝が鷹（たか）狩りに大原野に出かける優雅な様が描かれています。醍醐天皇の行幸を下敷きに描かれているようです。

女性たちは、桂川を渡るあたりがよく行列を見ることができると見物に出かけたことが描かれています。玉鬘がこの行列のなかに参加している父の内大臣の姿を初めて見たのはここです。

グルメ情報 「京都吉兆」嵐山本店は渡月橋の近くです。吉兆は創業者湯木貞一の長男が大阪高麗橋本店を継ぎ、長女が東京、三女が船場吉兆、四女が神戸吉兆を経営しました。次女の息子である徳岡邦夫氏が経営する京都吉兆は景勝地にある強みも生かし、吉兆グループのなかでももっとも著名です。

23 宇治に残る『源氏物語』の時代の建築

世界遺産になった宇治上神社と平等院

『源氏物語』の「宇治十帖」（第四五帖「橋姫」～第五四帖「夢浮橋」）は、光源氏の死後、薫と匂宮の恋の葛藤を描きます。薫は光源氏の次男ということになっていますが、継室だった女三宮と頭中将（光源氏のいとこでライバル、葵の上の兄）の子である柏木の子のようです（少しぼかしてあります）。

匂宮は今上帝（朱雀帝の子）と明石中宮（光源氏と明石の君の子）の次男です。宇治にいた光源氏の異母弟・八の宮と北の方の娘である大君と中の君、それに身分の低い女性から生まれた浮舟をめぐって薫と匂宮が絡み合い、板挟みになった浮舟は宇治川に投身自殺を試みます。

だが、死んだと思われた浮舟は比叡山・横川の僧都に救われ、記憶喪失のまま落飾し八瀬大原に近い小野の里にかくまわれ、やがて薫に見つけ出されるのですが、それを拒絶して信仰に生きる決意をするというところで物語は終わります。

平安京の故地である京都中心部は、たび重なる火災のために、古い建物がほとんど

宇治周辺『源氏物語』マップ

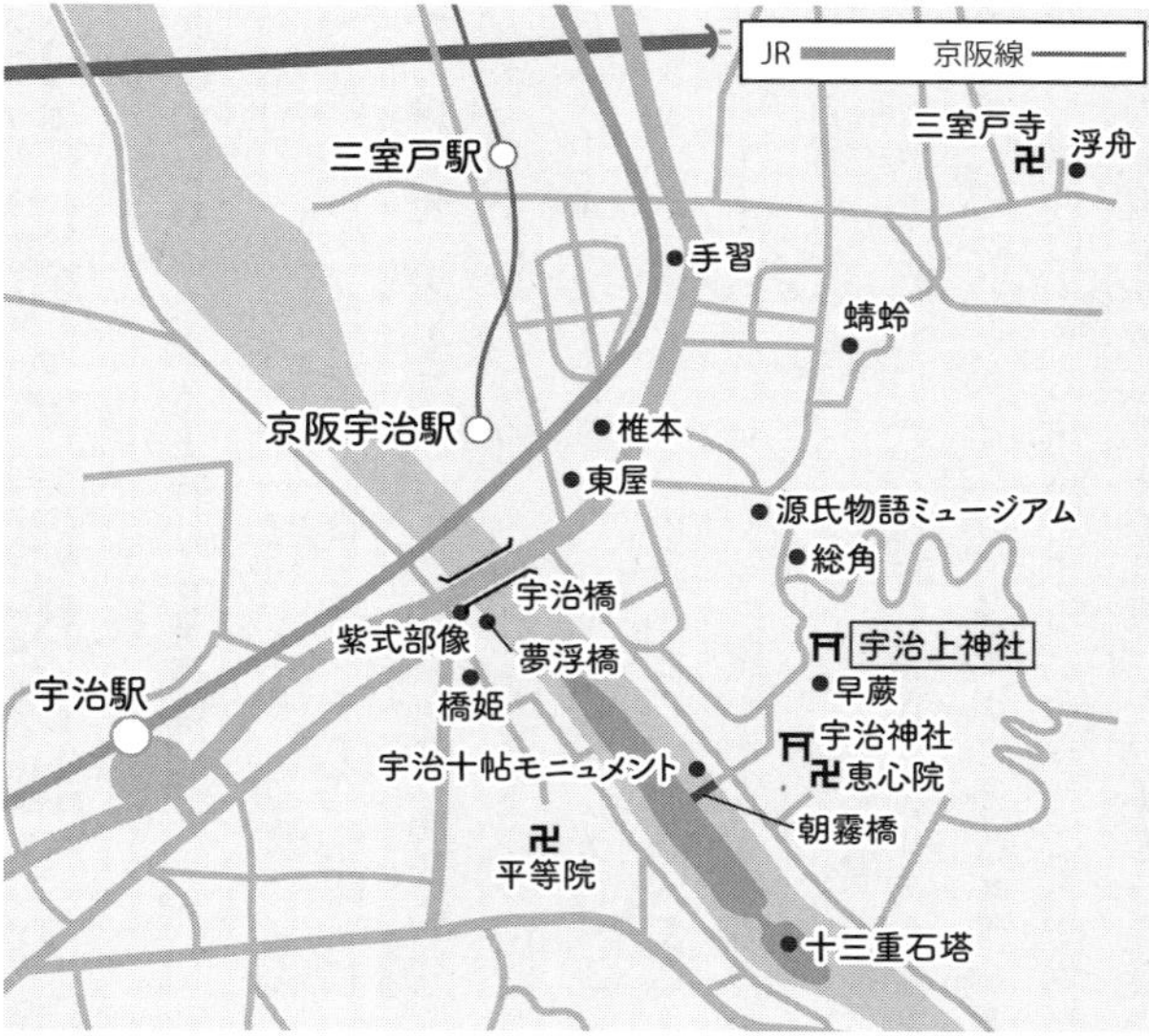

残っておらず、応仁の乱以前のものは、鎌倉時代の千本釈迦堂だけです。少し範囲を広げても、東山区の三十三間堂とか八坂の塔くらいです。

そして、平安時代のものということになると、東山の反対側の山科盆地にある醍醐寺五重塔がいちばん近く、あとは、宇治平等院、宇治上神社などになります。

『源氏物語』の舞台のほとんどは京都ですし、各巻に因(ちな)んだ場所を訪れることは可能ですが、面影を見つけることは難しいのです。しかし「宇治十帖」と呼ばれる終章の舞台である宇治には、物語が書かれたのとほぼ同時代に建てられた建築が残っているのはなんと幸福なことでしょうか。

藤原道長の墓は行方不明？

宇治という地名の由来は不明ですが、宇治上神社は『山城国風土記』に見える菟道稚郎子の離宮「桐原日桁宮」の旧跡であるといわれます。菟道稚郎子は応神天皇の皇太子でしたが、兄の仁徳天皇に天皇の地位を譲るために自殺したとされています。また、菟道稚郎子について、漢籍を本格的に勉強した初めての皇族だとされています。いずれにせよ、その離宮跡が神社となりました。一一世紀に藤原頼通（九九二―一〇七四）が平等院をつくるときには鎮守のような位置づけになり、一〇五三年に平等院鳳凰堂ができたのと同時期に、本殿も完成したようで、現存で最古の神社建築です。拝殿は鎌倉時代初期のものですが、これぞ、寝殿造というものです。しかも、うれしいことに、この宇治上神社は、見学者がいちばん少ない世界文化遺産なのです。

一九九八年に宇治上神社の近くに宇治市源氏物語ミュージアムが開館しました。六条院の模型や平安貴族の生活の展示があります。

その川向こうにあって笛の音が聞こえる範囲にある夕霧の別荘は、平等院がある場所にあったと見るのが順当です。

平等院鳳凰堂も、二〇一四年に解体修理が完了しました。建物は暗みのある赤の「丹土色(につち)」で塗り、瓦も濃い墨色にして、シックな色調の外観となる一方、屋根の上に据える青銅製の鳳凰と露盤宝珠(ろばんほうしゅ)には金箔を貼りました。

そのほか、なかほどに名橋といわれる宇治橋、その西詰には紫式部像、朝霧橋のたもとには宇治十帖モニュメント、雪の夜に浮舟と匂宮が会った塔の小島には十三重石塔、近くには横川の僧都のモデルといわれる源信(げんしん)(恵心僧都(えしんそうず)/九四二―一〇一七)ゆかりの恵心院などを訪れる人が多くいます。源信は浄土信仰の重要な出発点となった『往生要集(おうじょうようしゅう)』の作者で藤原道長の崇敬を受けた名僧でした。

この時代、宇治に行くには、五条のあたりで鴨川を渡り、大和大路と呼ばれている三十三間堂の西側の通りを南下しました。法性寺(ほっしょうじ)は藤原忠平が創建した浄土宗の寺で、藤原氏の氏寺とされていましたが、鎌倉時代にその寺域に東福寺(とうふくじ)が創建されて、そちらに藤原氏の氏寺的な機能は移りました。

京阪電車の東福寺駅からさらに南下し、伏見城跡（明治天皇伏見桃山御陵）の北側の大亀谷を南東に向かって進むと宇治に至ります。だいたい、京都御所のあたりから一五キロくらいです。東福寺は九条道家によって創建され、三門は禅宗（臨済宗）のものとしては日本最大、通天橋は京都でも最高の紅葉の名所とされています。

また、当時は鳥羽のあたりから、船で巨椋池を渡って宇治に行くこともあって、道長はこれを利用したこともありました（166ページ地図）。

伏見と宇治の途中にJR奈良線木幡駅があり、その東側一帯には、初めて関白になった藤原基経が創設した摂関家の共同墓地がありました。鳥辺野で荼毘に付された後、ここに運ばれて小さな塚に埋葬されたのです。

しかし、保元・平治の乱（一一五六・一一五九）で知られる藤原忠通を東山月輪に葬ってから廃れ、どこに誰が埋まっているか不明になってしまったのです。ただ、詮子（一条天皇母）や彰子（一条天皇皇后）など藤原氏出身の后妃たちのものも含まれていたので、明治になって宮内庁が宇治陵として整備し管理しています。

道長の墓ではないかといわれているのは、32号墳で、松殿山荘という山荘流茶道の施設の隣接地にあります。この近くの木幡小学校のあたりには、道長が建てた浄妙寺という藤原氏の菩提寺があり、そこに詣でた記録などから推定されているのですが、周りは住宅地で、栄華を極めた御堂関白のお墓にしてはたいしたことないので拍子抜けです。

グルメ情報 宇治といえば、鳳凰堂と並ぶ名物は宇治茶です。お茶は、鎌倉時代の栄西が紹介してから盛んに栽培されるようになりましたが、緑茶として香りを楽しめるようにしたのは、宇治での煎茶と玉露の発明からです。「中村藤吉本店」「伊藤久右衛門」「シェ・アガタ」「福寿園」「辻利兵衛本店」など抹茶スイーツの名店もたくさんあります。

24 須磨・明石に隠棲した光源氏と住吉大社

須磨寺駅周辺と明石

『源氏物語』で主人公・光源氏が京とその周辺を離れたのは、須磨・明石に閉居したときと住吉参りのときです。

母の面影を求めて父帝の妃である藤壺と禁断の恋に落ち、その姪である紫の上を理想の女性に育て妻としたものの、母の仇敵だった弘徽殿女御の妹で、兄の朱雀帝の寵姫でもある朧月夜とのアバンチュールが発覚しました。

追放不可避なので先手を打って紫の上を京に残して須磨へ隠棲したのです。住まいは、秋風が吹き、荒波が寝床までも打ち寄せる気配だったと描写されています。

実話でないし、紫式部は現地取材したわけではないので具体的にどこかといえるわけはないのですが、JR須磨駅よりは北側で山陽電鉄須磨寺駅に近い現光寺という寺院のあたりがイメージに近いといわれ、「源氏寺」といわれていました。

須磨には、大宝令に定められた摂津の関があって、天下の三関（伊勢の鈴鹿、美濃の不破、越前の愛発）に次いで重要視されていました。現光寺に近い関守稲荷神社は

明石の歴史散歩地図

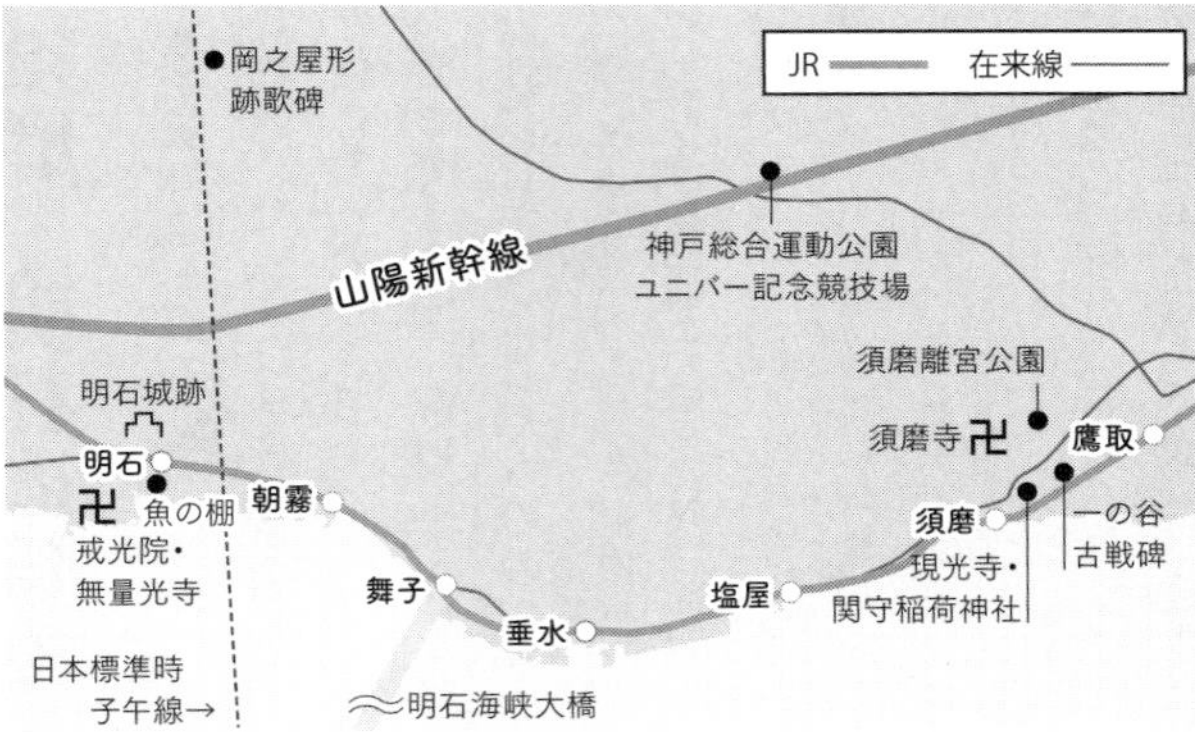

その守護神といいます。

須磨の観光名所は、皇室の武庫離宮（むこのりきゅう）（建築は戦災で焼失）の庭園を公園にした須磨離宮公園で、須磨の海を見渡せ、オリーブなど南欧の植物が植えられています。

須磨での雨風がやまない夜に、光源氏の夢枕に桐壺院が現れて「住吉（すみよし）の神の導きのままに、須磨の浦を立ち去りなさい」と言います。翌朝、播磨の明石の入道が舟で光源氏を迎えにきたので、光源氏は明石の入道の住まい「浜の館」へ移住しました。

明石の入道は、光源氏の母のいとこで、播磨守を務めたあと現地に定住した裕福な人物で、娘を光源氏に娶（めあわ）そうとしました。

このあたりのJRの駅は、須磨、塩屋（しおや）、垂水（たるみ）、舞子（まいこ）、朝霧（あさぎり）、明石、西明石（山陽新幹線併設）と続きます。舞子は明石海峡大橋のほぼ三〇〇メートル下にあって、エレベーターで高速バスの乗り場に直結しています。

明石駅の東側には、日本標準時の基準となる東経一三五度線が通り、明石市立天文科学館があります。私が子供の時には、プラネタリウムは東京の渋谷とここだけにしかありませんでした。駅の北側には明石城跡があり、長い直線の石垣とミニ姫路城といった風情のふたつの三層櫓（やぐら）が印象的です。

フェリー乗り場から五〇〇メートルほど西へ行った明石川の堤防の手前に、戒光院という寺院があって、これが、浜の館の所在地だとされています。明石藩主だった松平忠国（だいらただくに）（一五九七―一六五九）は、光源氏や明石の入道の碑を立て、自作の和歌をそれに刻ませました。淡路島が間近に見えるダイナミックな風景が広がります。

明石の入道は高潮を恐れて、娘の明石の君を「岡辺の家（岡辺の宿）」に住まわせていました。当時は自動車の音なども聞こえませんから、夜は浜に近いと波の音が恐ろしく響いて怖かったのです。五キロほど内陸に入ったところで、サッカーと高校野球の名門・滝川第二高校があり、その近くに岡之屋形跡（おかのやかたあと）歌碑があります。

八月十三日の名月の夜に、光源氏は「浜の館」から「岡辺の家」へ向かい明石の君と結ばれました。明石の君は懐妊し、女児はのちに帝（朱雀院の皇子）の中宮となりました。

住吉大社には二度も参詣

このころ、京都では弘徽殿大后が病に伏せり、その父の太政大臣も亡くなる不幸が続き、光源氏を冷遇した報いと噂され、朱雀帝は光源氏を召還することにしました。菅原道真は死んでから赦（ゆる）されましたが、光源氏は運が良かったのです。

光源氏は復権して大納言、ついで内大臣になります。そこで御礼に大阪の住吉大社に派手な行列を組んで参詣しました。これが記されているのが「澪標（みおつくし）」（第一四帖）の巻です。このとき、光源氏は数えで三十歳より少し前でした。

難波（なにわ）は大和に都があるころは、その外港として重要で、難波京が営まれたことがありますが、京に都が移ると、西国街道は淀川の北側を通り、難波は渡辺の渡しから上陸して熊野詣でに出発する起点にすぎなくなっていました。熊野街道は四天王寺や住吉大社を通過して紀州を目指しました。

住吉大社は、神功皇后が朝鮮半島へ渡ったときに、住吉大神である底筒男命（そこつつのおのみこと）、中筒男命（なかつつのおのみこと）、表筒男命（うわつつのおのみこと）が加護したのを感謝して、凱旋の後に住吉の地に鎮斎され、のちに、神功皇后も併せ祀られ、住吉四社大明神とされて、海の神として崇敬されました。

豊臣秀吉は、名物の最大傾斜四八度の太鼓橋を奉納しました。川端康成（一八九九―一九七二）は作品『反橋』で、「反橋は上るよりもおりる方がこはいものです。私は母に抱かれておりました」と書いています。

のちに光源氏と明石の君の娘である明石中宮が産んだ皇子が東宮となったときにも、明石の尼、明石の君、明石中宮という三世代の女性たちや紫の上を引き連れて参詣に出かけています。前回の住吉詣でから十数年がたって、光源氏は四十歳を過ぎていた計算になります（「若菜下」の巻）。

光源氏自身は出かけていませんが、物語に登場する地方の地名はほかにもいろいろあります。近鉄大阪線で、京都線と交差する大和八木から東へ向かい三重県に入る手前にある長谷寺には、玉鬘が徒歩で参拝しています。

夕顔が頭中将とのあいだに設けた玉鬘は母の死後、四歳で乳母一家に伴われて筑紫へ行って育ちましたが、乳母の夫太宰少弐(だざいのしょうに)が死去したのち、男たちの求婚を振り切って京都へ帰りました。長谷寺へ参詣に出たところ、海石榴市（桜井市）の宿にて夕顔の侍女でいまは源氏に仕える右近に再会して、光源氏の六条院へ迎えられました。

海石榴市は、難波から大和川を遡ってきた船の終点で、『日本書紀』によると、百済の聖明王の使者が、この地に釈迦仏の金銅像や経典をもたらしたのが仏教伝来とされています。平安時代には、長谷参りのために身繕いをする場所でした。

グルメ情報 明石駅の南側には「魚の棚商店街」があって、海産物の店や、海鮮料理や明石焼きが名物の食堂が軒を並べています。そのまま抜けるとすぐに港で、明石大橋が開通する前は淡路島への玄関口でした。

25 紫式部が住んだ廬山寺界隈と越前への旅

平安貴族が好んだ鴨川河畔の高級住宅地

廬山寺(ろざんじ)という紫式部ゆかりの天台宗寺院が寺町通の梨木(なしのき)神社の東側にあります。明治のころまでは、門前に中川という小川が一条あたりまで流れていました。

ここはもともと、醍醐天皇の側近で堤中納言(つつみちゅうなごん)といわれた紫式部の曽祖父藤原兼輔(ふじわらのかねすけ)（八七七–九三三）の邸宅があったところで、父である藤原為時も引き継いでここに在ったので、紫式部もここで育ちました。

鴨川の堤と平安京東京極大路とに挟まれた瀟洒(しょうしゃ)で住み心地のよい地域だったらしく、のちには、藤原道長も廬山寺の南側に法成寺を建築しました。境内には豊臣秀吉が京都の城壁として建設した御土居の遺構が残っています。

紫式部やその夫の家系については、249ページで紹介しますが、摂関家といわれる藤原本家一門ではありませんが、醍醐天皇の母を出したことから栄えた良門流といわれる、公家の世界では有力な一派でした。

父の為時は、花山天皇の側近でしたので、敵対していた道長らの系統から冷遇され

紫式部 越前への旅

越前市(越前国府)
▲日野山
湯尾峠
敦賀市
愛発関
深坂峠
塩津神社
メタセコイヤ並木
海津
竹生島
今津
三尾の海
小野
堅田
比叡山
坂本
逢坂の関
打出浜
石山寺

ていましたが、道長に直訴状を書いたのが功を奏して、大逆転で越前守というおいしいポストを獲得して、越前に下ることになって、紫式部も同行しました。

越前の国府は現在の越前市（武生）にあったので、赴任のときは、大津から小舟に乗って一泊二日で塩津港に着き、そこから敦賀に出て、こんどは内陸の湯尾峠を通って越前国府に着きました。日野山という山に降る雪を見て、京都西山の小塩山を懐かしんだりしています。越前市には、平安情緒を採り入れた紫式部公園があります。

しかし、一年五ヶ月で紫式部は単身で京都に戻り、ここに住んで結婚し、宣孝は紫式部の中川の邸宅に通っていたようです。

といっても、廬山寺というお寺と紫式部は関係ありません。この寺はもともと船岡山の南麓にあったのが、豊臣秀吉の時代に京都の寺院をこの寺町通や表千家や裏千家がある寺之内に集めたときに、この場所に移転させられただけです。

ただ、一九六五年になって、廬山寺の境内に紫式部の邸宅址を記念する顕彰碑が立てられ、源氏庭が整備されました。『源氏物語』に出てくる朝顔の花はいまの桔梗のことだそうで、紫の桔梗が六月末から九月初めごろまで咲いています。

空蝉との出会いのきっかけは方違え

『源氏物語』では、第二帖の「帚木」における「雨夜の品定め」で、源氏と頭中将らが女性談議をして、中級以下の貴族にも魅力的な女性は多いと経験談を話す場面があります。

朝まで議論を交わしたのち、光源氏は葵の上の住む左大臣邸（二条城と堀川通を挟んだ東側）へ向かいましたが、方角が悪いことに気づいて、方違えの宿泊先として左大臣の側近だった紀伊守邸（廬山寺の少し南）へ向かいました。ここで、紀伊守の父の若い妻である空蝉と結ばれました。

その後も光源氏は彼女に執着し、夜這いするのですが、逃げられ、代わりにその場に残された軒端荻（紀伊守の妹）を成り行きから相手にすることになります。

末摘花が住んでいた常陸宮邸も廬山寺の近くです。勘解由小路（下立売通）南・富小路東で、京都御苑の南東隅にある富小路広場のあたりです。

末摘花は傍流ながらも皇族だった常陸宮の娘ですが、父の死後は頼りになる親戚もおらず、琴だけを楽しみにしていました。光源氏は、契りを結ぶのですが、会話も気が利きません。しかし、気になるので、雪の降る夜に訪ねて姿を見たら、痩せていて象のような先が垂れた鼻で先は赤かったのです。普通は男性が着る黒貂（くろてん）（渤海国などから輸入され平安貴族は珍重した）の皮衣（ふるきのかわぎぬ）を着て、袖で口元を押さえて笑うしぐさもぎこちなかったといいます。

その後、光源氏は須磨に流されましたが、帰洛したのち荒れ果てた邸宅の前を通りかかり、訪れたところ、末摘花の気持ちの一途さに心動かされ、二条東院に迎えたのです。

グルメ情報　越前市の名物は、おろし蕎麦です。大根おろしが入った出汁（だし）を蕎麦にかけたり（ぶっかけ・みぞれ）、大根のしぼり汁に生醤油や出汁を加えて蕎麦をつけて食べたり（しぼり・おしぼり）などいろいろです。

26 紫式部に『源氏物語』を書かせた石山寺の名月

最初に書いたのは「須磨」の巻

意外なことですが、京都には、日の出や夕日、あるいは、名月を楽しむ名所がありません。日の出や夕日が美しいのはやはり海に近いところです。

それでも、清少納言は「春は曙。ようよう白くなりゆく山際、すこしあかりて、紫だちたる雲の細くたなびきたる」といいました。無声映画の弁士たちも「東山三十六峰、静かに眠る丑三つ時、鴨の河原のしじまを破り、にわかに起こる剣戟の響き」といったように、東山の空が明るくなっていく様は、なかなか、情緒があります。

観月の夕べということで有名なのは、大沢の池です。九世紀初めに嵯峨天皇が舟を浮かべて名月を楽しみました。これが大覚寺「観月の夕べ」のルーツです。期間中は、池に竜頭や鷁首をつけた屋形舟が浮かべられ、舟から月を眺めることもできます。

ですが、京都周辺で最高の月見の名所は、石山寺です。大斎院（選子内親王）より紫式部の仕えていた上東門院（彰子）に、「珍しい本はないだろうか」という問い合わせがあったので、彰子は「『宇津保物語』『竹取物語』のようなものは目慣れているから、新しく作ってみては」と、紫式部に命じられました。

そこで、石山寺に通夜（夜通し参籠すること）していたところ、折しも八月十五夜の月が湖水（琵琶湖）に映り、心の澄みわたるままに、物語の風情が空に浮かんだのを、忘れぬさきにと、仏前にあった大般若（だいはんにゃ）の料紙（りょうし）を本尊に申しうけ、「月のいとはなやかにさし出でたるに、今宵は十五夜なりけりと思し出でて、殿上の御遊び恋しく、所々眺め給ふらむかしと思ひやり給ふにつけても、月の顔のみまもられ給ふ」と「須磨」の巻を書きつづり始めたと鎌倉時代にもいわれていました。

この話がどのくらい事実であるかは確認できませんが、石山寺あたりで観る月の美しさは、京都市内からの比ではありません。

しかも、石山寺の本堂は、のちの時代に淀殿（茶々）の寄進でかなり改造されているとはいえ、平安時代のものですし、多宝塔は紫式部の時代からそれほど遠くない鎌倉初期のものですから、その意味でも、タイムスリップするにはもってこいです。

毎年、中秋の名月を愛でる「秋月祭」が開かれますが、『光る君へ』放送中の二〇二四年は九月一七日、一八日の開催です。

石山は孝謙女帝と道鏡が出会った場所

京都周辺で平安の王朝文化を偲べるのは、宇治と石山なのです。しかも、近年、京滋バイパスが開通して、石山寺から平等院までわずか一五分になったことは、意外に知られていません。

石山寺は、淳仁天皇の営んだ保良宮とゆかりがあるようです。奈良時代の都のなかで、平城京、恭仁京、紫香楽宮、難波京はすでに紹介しましたが、この保良宮や孝謙（重祚して称徳）天皇（七一八―七七〇）の由義宮もありました。

保良宮は孝謙上皇と道鏡（七〇〇―七七二）が出会ったところです。その場所はよく分からないのですが、大津市の石山寺の裏山である伽藍山の西側、つまり瀬田川とは反対に国分というところがあり、このあたりだろうといわれています。

ＪＲの石山駅の南側に、東レがレーヨン製造工場として創業した滋賀事業場の敷地があり、東海道新幹線や名神高速道路を挟んで南側が国分地区です。このあたりには「北大路」という地名もあり宮都の北限だったということでしょうか。また、この地区には松尾芭蕉（一六四四―一六九四）が四ヶ月ほど滞在した幻住庵があります。

淀川上流の瀬田川と唐橋を挟んで瀬田地区にあった近江国府は双子都市のようだっ

たともいえます。

平安の女流文学者たち

石山寺については、「玉鬘」の巻では、髭黒大将が玉鬘（光源氏の養女）を妻に迎えることができたのは、石山寺の観音様のおかげと記されていますし、清少納言、和泉式部、藤原道綱母（九三六？―九九五）、菅原孝標女（一〇〇八―一〇五九以降？）といった錚々たる女流文学者たちもお参りに行ったことを記しています。京都から一泊で往復するにほどほどの距離ですし、琵琶湖の船旅も楽しかったと見えます。『源氏物語』とは関係ありませんが、これを機会にこうした平安時代の女流文学者の出自とゆかりの地を紹介しておきましょう。

紫式部の同僚である和泉式部は大江雅致（越前守）の娘で、和泉守・橘道貞の妻となりました。大江氏は古代の土師氏を菅原氏とともに共通の祖先として、いずれも学問の家系です。和泉国府には夫に同行しませんでしたが、のちに丹後守・藤原保昌と再婚したときは丹後に下り、「橋立の　松の下なる　磯清水　都なりせば　君も汲まマし」などと詠みました。京都市右京区には、「太秦和泉式部町」という町名がありますが、かつて和泉式部塚があったからだそうです。

清少納言の父は清原元輔(きよはらのもとすけ)。天武天皇の子の舎人親王の子孫で、周防守のとき清少納言も山口県防府市に行き、船旅を経験しました。二度目の夫である藤原棟世(ふじわらのむねよ)の任国摂津に下ったこともあります。「春はあけぼの。やうやう白くなりゆく山ぎは、すこしあかりて、紫だちたる雲の細くたなびきたる」が平安京のどこの風景かは不明ですが、隠棲したのは月輪の泉涌寺(せんにゅうじ)のあたりのようです。

道長夫人である源倫子のサロンの指南役だった赤染衛門は『魏志倭人伝』の時代より少し前に、現在の中国・遼寧省(りょうねいしょう)から朝鮮半島あたりを支配していた公孫(こうそん)氏の子孫と称する、渡来人系貴族です。公孫氏は、漢の楽浪郡(らくろうぐん)をいったん滅ぼして一帯を支配し、邪馬台国とも交流があったようです。

夫の大江匡衡(おおえのまさひら)が尾張守となったのに同行して、現在の愛知県稲沢市にあった国府に住んでいました。「やすらはで　寝なましものを　小夜更けて　傾(かたぶ)くまでの　月を見しかな」という歌碑があります。洛西の法輪寺を訪れて「誰れ見よと　なほ匂ふらん　桜花　散るを惜しみし　人もなき世に」と詠んでいます。

『蜻蛉日記(かげろうにっき)』の藤原道綱母は、藤原長良(ふじわらのながら)の曽孫である伊勢守・倫寧(ともやす)の娘で、夫の藤原兼家の冷たい仕打ちに堪えかねて洛西鳴滝の般若寺に籠り、「かけてだに思ひやはせし　山深く　入相の鐘に　音を添へむとは」という恨みがましい歌を送っています。

少女時代から『源氏物語』の愛読者で、『更級日記』を書いた菅原孝標女は、父の任国だった上総国府（市原市）で育ち、後朱雀天皇の祐子内親王家に出仕しました。橘俊通と結婚しましたが、夫の任地下野には同行しませんでした。

最後の一人は、小野小町（生没年不詳）です。滋賀県大津市北部の小野を本拠とする古代豪族ですが、父親と出羽の郡司として赴任していたのか秋田美人とされています。小町に百日間通い続けたら受け入れると言われ、深草少将は小町が住まう山科随心院まで、九十九夜通いましたが、最後の雪の夜に息絶えたと伝えられます。

グルメ情報　宇治の茶団子、石山のしじみ飯という名物もありますし、もともと石山寺のあたりは、大津でもっとも良質の料理屋が集中しているところです。石山寺と瀬田の唐橋から近いところに、近江牛の老舗の「松喜屋」という店があってレストランも好評です。また、「丸長」という漬け物屋さんが近江の伝統野菜である矢島かぶらを原料とし、紫色の「ひかるむらさき」という漬け物を売り出したそうです。京都の町を素通りしても週末出かける価値があります。

京都ことばミニ辞典

あ行		きずい	わがまま	ねぶる	舐める
あいさに	時々	きょーび	このごろ	は行	
あかん	いけない	きんの	昨日	はばかりさん	お手数かけまして
あこぎな	ずうずうしい	けったい	変な	はる	される
あじない	まずい	さ行		はん	さん
あて	私。「うち」ともいう	しかつい	大人っぽい	はんなり	上品で明るい
あほらし	馬鹿らしい	しょーもない	つまらない	ぶぶ	お茶
あらへん	ない	しよし	しなさい	ぺちゃこい	平べったい
あんじょう	上手に	しんきくさい	もどかしい	べべ	服
いいひん	居ない	しんどい	疲れている	べべた	どん尻
いかつい	いかめしい	せつろしい	きぜわしい	ほかし	捨てろ
いけず	意地悪	せわしない	忙しい	ほっこりする	疲れた
いぬ	帰る	せんぐり	しょっちゅう	ま行	
いらち	落ち着かない人	そーかて	そんなこといわれても	まいどおおきに	いつもありがとう
うっとこ	私のところ	そーろと	ゆっくり大事に	まったり	とろんとして柔らか
えずくろしい	不快	そやかて	そうはいっても	みとーみ	見てみなさい
おいでやす	いらっしゃい	た行		むしやしない	軽食
おおきに	ありがとう	だいじおへん	かまいません	もっさい	地味でさえない
おくれやす	ください	たんと	たくさん	や行	
おこしやす	いらっしゃいませ	だんない	大丈夫	やすけない	安っぽい
おす	ございます	どーえ	どうですか	やつし	めかすのが好きな人
おぶー	お茶	どす	です	ややこ	赤ん坊
おへん	ありません	どんつき	行き止まり	やんか	でしょう
おやかまっさん	お邪魔しました	な行		よんべ	昨夜
か行		なんぎ	困ったこと	わ行	
かなん	いや	ぬくい	暖かい	わや	台無し
かんにん	ごめんなさい	ねき	近くに		

第四章

武士の時代の京都

二条城二の丸御殿。宮廷文化が
大衆化した寛永文化の粋

27 延暦寺と園城寺の喧嘩がどうして歴史上の大事件なのか

門跡という仕組みの経済的合理性

平安時代から室町時代を日本の中世といいますが、歴代の天皇や摂関をもっとも悩ませた政治課題が、いずれも大津市にある比叡山延暦寺（山門派）と園城寺（三井寺。寺門派）という天台宗寺院同士の喧嘩の仲裁でした。

延暦寺の開祖は伝教大師最澄（七六六―八二二）ですが、初代の天台座主は弟分の義真でした。そのあと、三代目の慈覚大師円仁、五代目の智証大師円珍はいずれも唐に留学した偉大な宗教家で、円仁は最澄の弟子でしたが、円珍は義真の弟子でした。円珍の一派が独立して園城寺を本拠に延暦寺と対抗すると、比叡山により弾圧された京から僧侶が避難することも多く、蓮如上人もその一人です。争いは、教義上の対立ももちろんありますが、経済上の利権争いという面もありました。

皇室や摂関家の側からすると、自由奔放な恋愛の結果として山ほど子供は生まれるが、分けてやれるほどの財産はない。そこで、天台宗とか真言宗の寺院に入れて門跡にし、贅沢(ぜいたく)はさせるが結婚はさせないことにしたのです。こうすれば、各世代の当主が何人子供をつくっても、一代だけ面倒を見ればいいので、次の世代はまた同じように子だくさんでも破綻しなくなったわけです。

いずれにせよ、有力寺院は経済的にも豊かでしたし、律令体制の常備軍や警察機能が弱体化したなかで僧兵を擁していましたから、平安京の治安と経済秩序の維持に大きな役割を担っていました。

しかし、それに対抗する勢力として摂関家が清和源氏、上皇たちが桓武平氏を育てていきます。そして、彼らにひさしを貸して母屋を取られたといった趣であるのが武士の世だ、ということができると思います。

延暦寺の主要部分は滋賀県

比叡山は海抜八四八メートルです。京都でいちばん高い山と思っている人が多いのですが、実は、北西の嵯峨の奥にある愛宕山が九二四メートルで最高峰です。

京都人は京都の山と思っていますが、延暦寺は府県境にまたがっていますし、根本中堂など主要部分は大津市にあります。世界文化遺産では、「古都京都の文化財」のなかに延暦寺も入っているので、やや蝙蝠的存在です。

延暦寺の寺域は山頂の南北約六キロ、東西約四キロの区域に、東塔、西塔、横川という三つの地域に分けて伽藍が並び、大津市側の山麓の坂本に僧たちの日常生活の場である里坊があり、日吉大社があります。東京の日枝神社のご本家ですが、厳密には坂本の分家が川越の日枝神社で、東京のものはそのまた分家です。

また、比叡山山頂へは、ドライブウェーが普通ですが、ケーブルカーでも京都側は八瀬、大津側は坂本から行けます。

比叡山は都の北東の鬼門にあたり、平安京の鎮護を担っています。また、宣教師たちから「大学」といわれたように、まっとうな教育機関がなかった江戸時代以前は、相対的には、最高の学問所でもありました。

比叡山の中興の祖といわれるのが、九六六年に一八代目の天台座主となった良源(元三大師)です。藤原師輔と雅子内親王のあいだに生まれた尋禅を弟子にして、後継者とし、摂関家の庇護のもと荘園の拡大を図り、興福寺の末社だった祇園社を延暦寺の末社として、鴨川左岸を支配下に収めたりしました。

比叡山に貴公子たちを入れて、寄付を集め、それを大衆とか神人と呼ばれる、なかば僧侶ですが、結婚して家族を持った人々が金融業を営んで利益を上げました。室町時代には、京都の金融業者はほとんど坂本の住人でした。

僧兵が借金の取り立てをし、日吉大社の神輿（みこし）を担いで、暴虐を働きました。うっかり矢でも当たろうものなら武士たちも流刑にされました。

ただ、コングロマリットとして地域開発、貨幣経済の導入、さらには貿易に力を発揮し、教学についての自由な雰囲気のなかから鎌倉新仏教の教祖たちも育っていきました。

元三大師の弟子に源信（恵心僧都）がおり、前述したように、これが宇治十帖で活躍する名僧である横川僧都のモデルのようです。

グルメ情報　滋賀県側の坂本の「本家鶴喜そば」は京都周辺で最高クラスの名店です。「比叡ゆば」は湯葉料理を全国に普及させた功労者で、延暦寺会館の精進料理にも組み込まれています。

28 京都と大津をつなぐ平安時代の道と逢坂の関の物語

ルートはいろいろ

京都と大津を結ぶ交通路の歴史は、興味深いものです。江戸時代の幹線は粟田口（蹴上）を出て、山科を通って逢坂の関（標高一六六メートル）から大津へ抜けるものです。古代からよく使われた街道で、百人一首にもこれを題材にした歌が三首選ばれています。

とくに、蟬丸法師の「これやこの　行くも帰るも　別れては　知るも知らぬも　逢坂の関」（ここが京から出て行く人も帰る人も、知り合いもあかの他人も、皆ここで別れ、ここで出会うという逢坂の関か）は、京と東国を分かつこの関の重要性をよく表現した名歌です。

後のふたつは、清少納言の「夜をこめて　鳥の空音は　謀るとも　よに逢坂の関は許さじ」と、紫式部の夫宣孝の曽祖父である三条右大臣定方の「名にし負はば　逢坂

京都と大津の歴史的交通路

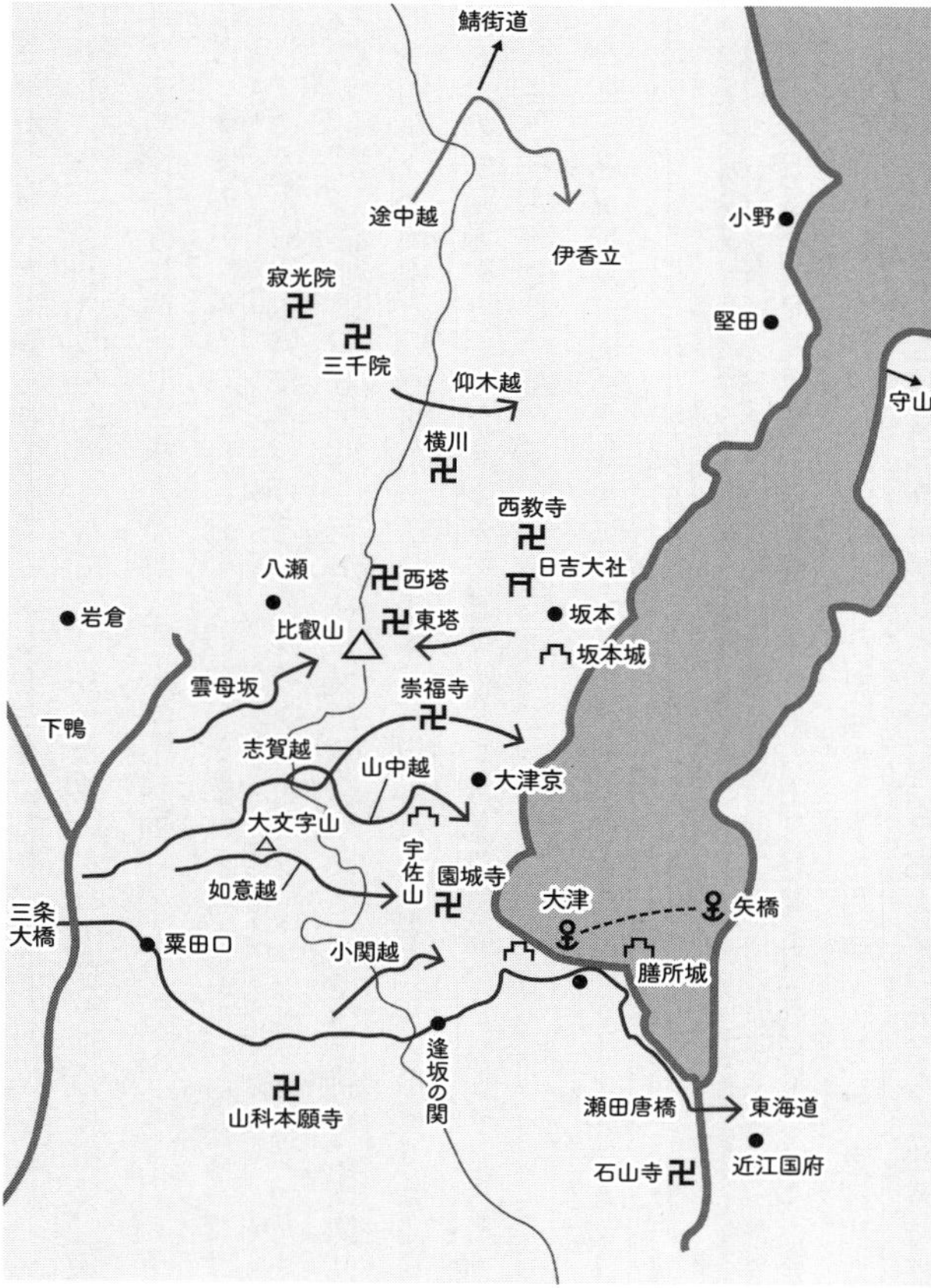

山の　さねかづら　人に知られで　くるよしもがな」です。

『源氏物語』の「関屋」の巻（第一六帖）でも、光源氏が石山寺参詣の途中で、帰任してきた夫の常陸介に同行してきた空蟬と再会する場面が描かれています。石山寺に行くには、大津の打出浜から小舟に乗って門前で下船するのが普通だったようです。

しかし、この東海道以外にも、いろいろルートはありました。志賀越というのもよく使われました。荒神橋から北東に向かい、現在の京都大学の構内を斜めに横切り、山中越へ向かうと山中という集落があります。壬申の乱（六七二）の敗残兵がここに隠れ住んだのが起源だという伝説がありますが、いまも、京都への交通のほうが便利なので子供たちは特例で京都の近衛中学に通っています。

ここから、志賀越は、旧道を北東に向かい志賀峠（標高三七〇メートル）を越えて、大津京跡の背後（北西）に天智天皇が建立し室町時代まであった崇福寺を通り、京阪電鉄石山坂本線の滋賀里駅付近へ出ていました。

しかし、織田信長は、大津側から志賀峠より南の田ノ谷峠（標高三七〇メートル）へ向かってつづら坂を登り切る山中越という短縮ルートを開発しました。京都側から比叡山系の尾根に達すると左はドライブウェー、右は京都大学の先生などが多く住む比叡平の住宅団地です。そして、琵琶湖の絶景を眺めながら信長が開発した戦国ハイウェーを下ると、右側に信長が築いた宇佐山城跡があります。

比叡山への監視を狙って森蘭丸（一五六五―一五八二）の父である森可成を城主に置いた城です。系譜的にはこの城が、坂本城、大津城、膳所城と移転していきます。そして、麓に下りると大津京跡や天智天皇を祭神とする近江神宮があります。近江神宮は競技かるたの全国大会が開催されるところです。

さらに、大文字山ともいわれる如意ヶ嶽を通るコースもありました。この山の裏には大津市の三井寺（園城寺）があり、如意越（如意ヶ嶽の山頂は標高四七二メートル）というルートは、大津への近道でした。この街道を舞台にしたのが「鹿ヶ谷の陰謀」事件や、以仁王の挙兵と「源三位頼政の乱」です。

「鹿ヶ谷の陰謀」とは、後白河法皇の寵姫で清盛の義妹だった平滋子（建春門院）の死（一一七六）を機に官職や知行地を双方の側近が争うことになり、法皇らが俊寛（一一四三―一一七九）の鹿ヶ谷山荘で平家打倒の相談をしたことが発覚したのです。

瓶子（へいじ）が倒れたのを見て、後白河法皇が「あれはいかに」と問うと「平氏

（瓶子）たはれ候ぬ」「頸をとるにしかず」と瓶子の首を折り割ったという危ういやりとりが清盛に密告され、一味は一網打尽にされ、俊寛が大隅の鬼界ヶ島に流された話は平家物語や歌舞伎でもよく知られた通りです。

その三年後には法皇の三男である以仁王が平氏追討の令旨を全国に発し、挙兵を促しました。王は三条の屋敷を脱出して鹿ヶ谷から如意越で園城寺に逃れ、そこで、摂津源氏で平家政権でも生き残っていた源頼政の助けを得て挙兵しました。ですが、延暦寺が清盛側につき、園城寺も以仁王らをかばいきれず蜂起は失敗しました。

「俊寛僧都忠誠之碑」などがありますが、ここは園城寺の一部をなす如意寺という大山岳寺院の入り口となる楼門があったところです。ここから大文字山頂上のすぐ下を通りすぎると本堂跡があり、ついで池谷地蔵に着きます。比叡平団地のすぐ南です。さらに進むと大津カントリーというゴルフ場の南側を通り、そのまま下りていくと三井寺境内の普賢堂に出ます。

「さざなみや　志賀の都は　荒れにしを　昔ながらの　山桜かな」という薩摩守忠度（無賃乗車を薩摩守と呼ぶことになった起源の人物です）の歌にもあるように、中世から桜の名所として知られています。

「そんなお菓子聞いたことおへんなあ」

如意ヶ嶽の大文字のほか、妙法（北山通松ヶ崎付近）、船形（鴨川御薗橋付近）、左大文字（衣笠山付近）、鳥居形（嵯峨野広沢池付近）を合わせて、「五山の送り火」といいます。お盆に家に迎えていた先祖の霊を、火とともにあの世に送り返す習慣です。「大文字焼き」という観光客もいますが、「大文字焼きはどっからよお見えますか」と聞いたら、「さあ、そんなお菓子聞いたことおへんなあ」といけずな京都人に笑われます。

さらに八瀬大原から北へ行くと、ついでに京都へ入るほかの峠も紹介しておきますと、比叡山の北側には湖西の湖岸に聳える比良山系があり、その裏には若狭小浜からのいわゆる鯖街道があります。織田信長が浅井長政（一五四五―一五七三）に裏切られて敦賀から京都へ逃げ帰った道ですが、滋賀県との境が途中峠（標高三八二メートル）です。かつては、三条京阪から「途中行き」という楽しい名前のバス路線があって、「大原三千院まで行きますか？」「（その先の滋賀県の）途中（停留所）まで行くんで乗ってください」「そやけど、途中で降ろされたりしたらかないませんな」「？」といった会話が運転手と客とで交わされたとかいいます。

こんどは、明治になってからの鉄道を紹介すると、旧東海道は粟田口も逢坂の関も勾配がきつく当時の蒸気機関車では登れないので、まず、いまのＪＲ奈良線を南下し、だいたい名神高速道路に沿って山科盆地に入り、大谷に駅があって、さらに逢坂の関の近くまで登って短いトンネルで大津へ出ました（標高一三一メートル。一八八〇年）。しかも、浜大津には勾配がありすぎて下れないので、いったん現在の国道一号線を通って現在の膳所駅に出て、そこでスイッチバックして浜大津に至り、鉄道連絡船で長浜をめざしました。

その後、トンネルを掘る技術が進み、現在の東山トンネルから山科、そして、標高の低いところを通って大津駅へ直行する現在の逢坂山トンネル（大津側で標高一〇六メートル）という路線となったのが一九二一年です。

グルメ情報 園城寺にちなむ大津名物として、きな粉をまぶした弁慶ゆかりの「三井寺力餅」が古くから知られています。

29 鳥羽など洛南に院政時代の記憶を探る

上皇たちに愛された水辺の里

白河上皇や鳥羽上皇が愛したのが、鳥羽の離宮です。鳥羽は、名神高速道路京都南インターチェンジの周辺で、北側は南区上鳥羽、南側は伏見区下鳥羽です。院政期に栄えたのは南鳥羽です。

平安時代には、このあたりまで巨椋池が入り込み、鴨川や桂川が流れ込んでいました。大きな船は山崎あたりで降りますが、小さい船ならここまで上れます。また、朱雀大路の延長である鳥羽作道の終点ですから、港湾都市としても好位置でした。また、狩猟や月見にも向いていました。

鳥羽という地名は全国にありますが、谷の入り口、港、渡し場など語源には諸説あります。漢字は当て字ですから意味がありません。

また、平安京より暖かかったのです。京都では北と南では、寒さが全く違います。しかも、熊野詣での出発地としても便利で、ここで一週間ほど潔斎して出発しました。

一一世紀に院の近臣だった藤原季綱（ふじわらのすえつな）（平治の乱で殺された信西（しんぜい）の祖父）が別邸を

平安時代の鳥羽離宮周辺と現況

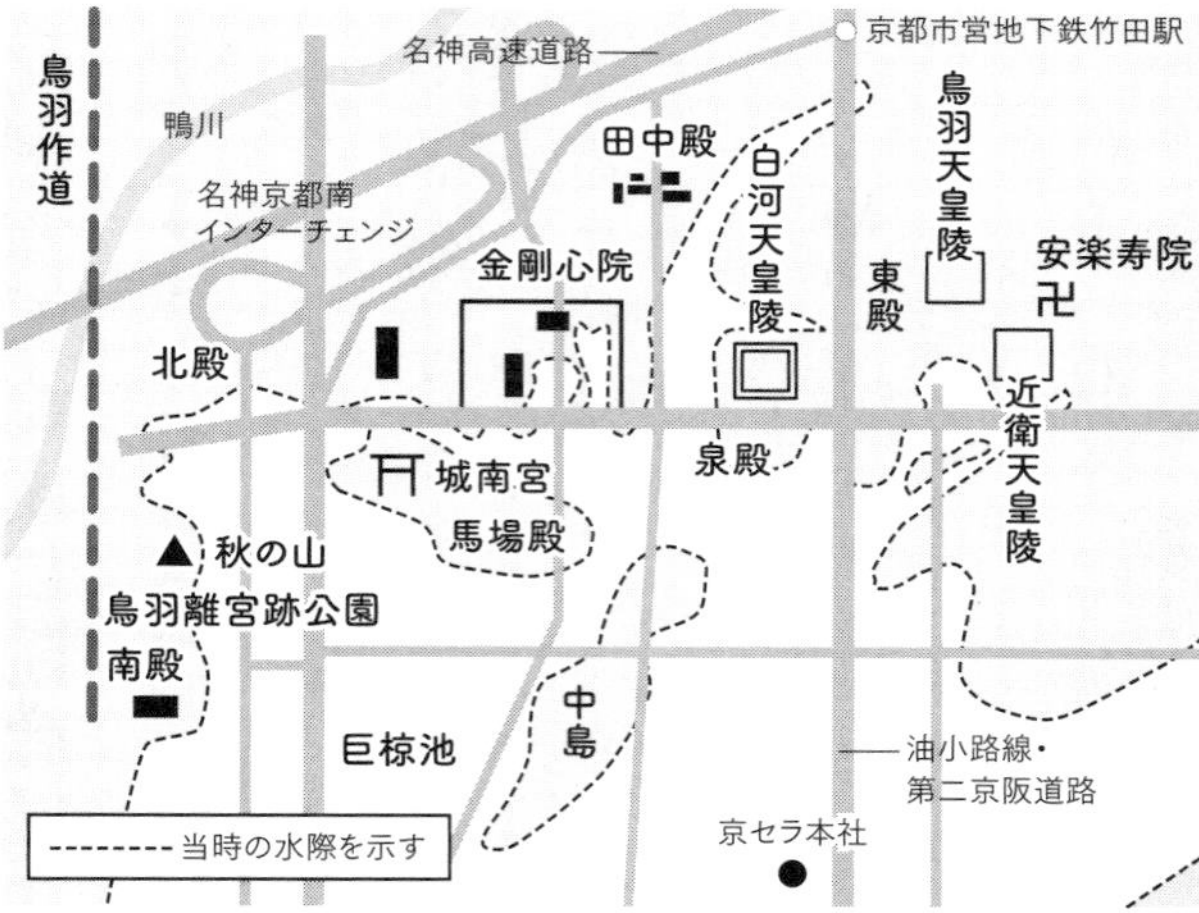

白河上皇に献上したのが始まりで、これが南殿で、東殿を建設し、自らの墓所として安楽寿院を造営しました。

鳥羽上皇も泉殿などを増築しました。現在ではほとんど遺跡は残っていませんが、南殿の跡が鳥羽離宮跡公園となって、「秋の山」といわれた築山の痕跡があります。また安楽寿院とその周辺には白河・鳥羽・近衛三帝の御陵があり、とくに、近衛天皇陵は多宝塔という珍しい形で、豊臣秀頼が再建しました。

離宮の鎮守だった城南宮は、方除けの神様として信仰を集めています。四月二九日と一一月三日、王朝の雅をいまに伝える「曲水の宴」が行われ、『源氏物語』に出てくる花の保存にも努め、藤の花の名所として知られています。

院政は、外戚による摂関政治に代わって天皇の父親が官位などを餌に私有財産を集め、権力もほしいままにしました。摂関制のもとでは、有能な官僚たちは菅原道真以降、権力から排除されていましたので、上皇たちが大胆な人材登用でこれを破ったのも人気を博しました。とくに、藤原信西（一一〇六–一一六〇）は、上皇の側近ナンバーワンとして活躍しました。

この結末は、自分たちがボディーガードに使っていた武士たちにひさしを貸して母屋を乗っ取られるということになったわけで、実務官僚たちも、毛利氏の先祖である大江広元や島津氏の祖である惟宗忠久のように、鎌倉に下って武士に仕えることになります。

一八六八年の正月には、鳥羽伏見の戦いがこの付近で起きました。幕府軍は一列に細く伸びた行列のままで関門を開けることを要求しました。ところが、官軍は拒否し、横から射撃したものですから、たちまち敗退することになりました。

岡崎の六勝寺

左京区の岡崎も院政期の上皇たちが愛した場所です。平安神宮周辺にあった白河天皇の法勝寺、堀河天皇の尊勝寺、鳥羽天皇の最勝寺、鳥羽天皇中宮・待賢門院璋子の円勝寺、崇徳天皇の成勝寺、近衛天皇の延勝寺という「勝」という字がつく六つの寺は、六勝寺と総称され、法皇たちが住み政治を行う御所でした。

とくに、一〇七七年建設の法勝寺の八角九重塔は、八一メートルあったとされ、再建してほしい建築物の筆頭に挙げられます。市立動物園のなかに、土壇があったのですが、駐留米軍によって破壊されて、花崗岩の礎石が池の石橋に転用されてしまったのは残念です。

後白河法皇が住んでいたのが法住寺殿です。三十三間堂はその関連施設として平清盛が寄進したものです。その東側に後白河陵もあります。新熊野神社も関連施設で、一三七五年にこの境内で、観阿弥、世阿弥父子が足利義満（一三五八－一四〇八）の前で猿楽能（今熊野猿楽）を披露し、「能楽発祥の地」とされています。

グルメ情報 城南宮の名物は「おせき餅」。餡を載せた餅ですが、四五〇年前の茶屋の看板娘の名前にちなむといいます。

30 平清盛の力の源泉は舶来品の贈答にあり

後白河法皇を操った貴婦人

ＮＨＫ大河ドラマの平均視聴率で史上最高は、一九八七年の『独眼竜政宗』（渡辺謙主演、以下カッコ内は主演俳優）の三九・七％で、『赤穂浪士』（長谷川一夫）、『太閤記』（緒形拳）、『おんな太閤記』（佐久間良子）、『徳川家康』（滝田栄）、『武田信玄』（中井貴一）、『春日局』（大原麗子）、そして一九九六年の『秀吉』（竹中直人）が三〇％超です。このころまでは、だいたい視聴率二五％がヒットしたかどうかの分かれ目でした。

一方で、九〇年代までの視聴率最低は、日野富子（ひのとみこ）を主役に応仁の乱を描いた『花の乱』（三田佳子）の一四・一％でした。だが、これは、なじみのない室町時代を中世人の心情に焦点を当てて扱った意欲作で、芸術作品としての評価はいまも高く、市川新之助（現團十郎）と松たか子の大河デビュー作としても人々の記憶に残っています。

『秀吉』のあとは、ローカルヒーローや、伝承すらろくに残っていない女性を無理に主人公にして、二〇％が攻防線になり、二〇一二年の『平清盛』は一二・〇％と当時

『平家物語』にゆかりの場所

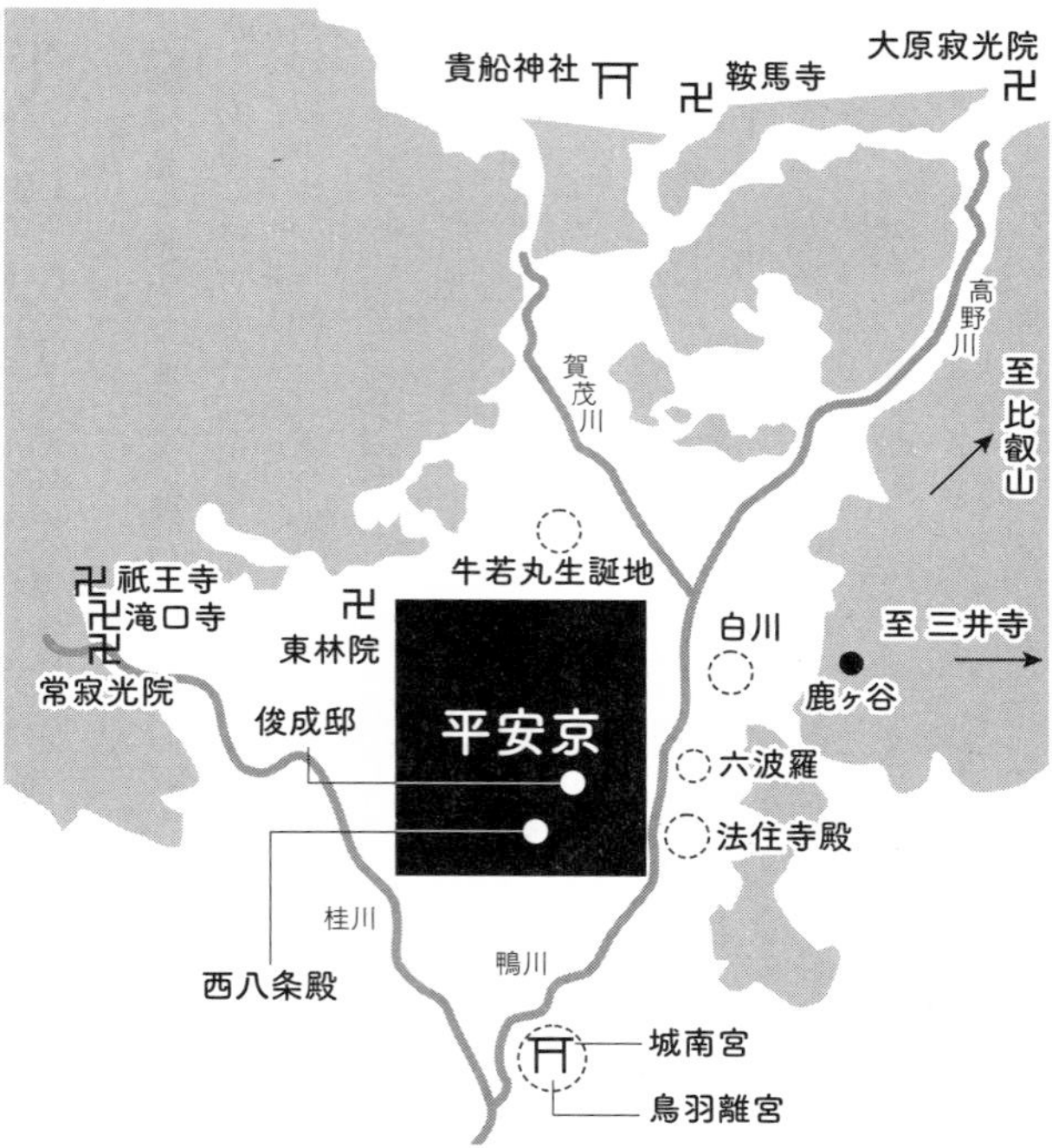

の史上最低を記録しました。

これまで悪役扱いだった清盛を主人公にするというので面白い人間像が描かれるのかと思いましたら、魑魅魍魎（ちみもうりょう）の悪人ぞろいの世の中で、ただ一人純朴な好青年の清盛が気の毒な目に遭うといったトーンでしらけました。

脇役は個性的なワルぞろいで魅力的なのですが、主役に魅力が何もなければ面白くないのは当たり前です。おまけに、画面がなんとも汚らしかったのです。その後、史上最低は『いだてん』、ワースト二位は『どうする家康』になりました。

日本では平安時代あたりまでは、女性の力が非常に強かったのです。平清盛も何人もの女性たちのおかげでのし上がりました。桓武平氏が台頭したのは、上皇たちのボディーガードとしてです。

軍事力では源氏に劣っていましたが、平家は大宰府を掌握した清盛の父・忠盛（ただもり）が、宋（そう）からの豪華な舶来品を買い占めて、都のやんごとなき男女にプレゼント攻勢をしたのです。中国の書籍、美術品、薬、香木、人の言葉を話す鳥といわれたオウムや孔（く）雀（じゃく）や羊といった動物などです。レアもののブランド品やペットを有力者やその夫人や愛人にプレゼントするのと同じです。

もうひとつのプレゼントはお寺で、誰かが発願した御堂の建設をするわけです。現代でいえば有力者が支援するNPOに寄付するみたいなものです。その代表が、すでに紹介した平清盛が後白河法皇の頭痛が治るようにと建てた蓮華王院（三十三間堂）です。建物は鎌倉時代に再建されたものですが、千躰も並んだ千手観音のうち一二四体は清盛の創建時につくられたもので、若き日の運慶の作品もあります。

平清盛はたいへんな気配りの達人で、皇室の権威を最大限に利用しながらも、摂関家など公家の領分を侵さず、延暦寺をはじめとする社寺の保護者として人気を確保しましたし、「平家にあらずんば人にあらず」というほどの専横ぶりでしたが、武士の地位の全般的な向上にも貢献したので、人気がないわけではありませんでした。

それを可能にしていたのが、清盛の正室・時子の妹である平滋子（建春門院）に後白河法皇がべた惚れだったことです。姉妹は桓武平氏ですが、ずっとお公家さんだった家系出身で、父親は鳥羽上皇の近臣でした。

六波羅の語源はサンスクリット語

滋子は、美しく若々しく、隙のない気配りや立ち居振る舞いができる、ルイ一五世の寵姫ポンパドゥール夫人を思わすようなマダムでした。「女は心がけしだい。親や周囲に頼らず、自分の心をしっかり持って我が身を粗末にしなければ、身に余る幸運もある」と侍女たちにも言い聞かせ、幸運の感想を求められると「前世の行いが良かったからだ」とそつなく言いました。

後白河や息子の高倉天皇が不意に来るかもしれないと、常に威儀を正し、「御所の御しつらひ、人々の姿まで、ことにかがやくばかり見えし」という、日本史でも類例のない女性でしたし、平清盛も彼女がいる限りは安心だったのです。

ところが、滋子が死ぬと、後白河は平家の所領を側近たちに分配するために取り上げ始めました。それに反発した清盛が、後白河を軟禁し、自分の孫である安徳(あんとく)天皇を即位させるなどしたので、後白河が陰謀を巡らせ、源氏の決起を促したのです。

平家政権の拠点は六波羅で、語源は「六原」ともいいますが、「波羅蜜(はらみつ)」はサンスクリット語で「到達」の意味です。五条通と松原通（旧五条通。清水寺参道）のあいだ、鴨川と東大路のあいだに、踊り念仏の空也上人(くうやしょうにん)が開いた六波羅蜜寺があります。

都を鴨川の向こうに見下ろし、南側には法住寺殿もありますから、軍団の根拠地としては好都合な場所で、鎌倉時代にも六波羅探題(ろくはらたんだい)が置かれました。

ただ、清盛は西八条殿に住むことを好みました。梅小路公園に碑があり、西大路に面した若一（にゃくいち）神社の樟（くすのき）がゆかりのものだといわれます。また、死んだのは九条河原口（鴨川東岸）の平盛国（たいらのもりくに）（側近）の屋敷です。

ところで、平時忠（たいらのときただ）（一一二八－一一八九）という人物がいます。平時子・滋子の兄弟で、「平家にあらずんば……」と豪語した人物です。この人は、平家滅亡後も源義経に取り入って生き残り、最後は能登に流されて死んだのですが、その墓は能登半島地震で大被害を受けた石川県の珠洲市にあります。子孫と称する上時国家（かみときくにけ）・時国家（ときくにけ）の住宅が輪島市にあって重要文化財ですが、前者は地震で大きく損傷したそうです。

グルメ情報　西八条の近くには、京都市中央卸売市場があって、新鮮な魚などを提供する食堂や、京都の食文化を学ぶ「食あじわい館」があります。

31 石清水八幡宮とサントリーの山崎

八幡は「ヤワタ」か「ヤハタ」か

全国に八幡神社は四万ほどあるそうですが、八幡神は『日本書紀』や『古事記』に出てこない謎の神様です。宇佐八幡も九州のローカルな神社でしたが、奈良時代に「予言」がよく当たる神様として知られるようになり、平城京へ八幡神がやってきて大仏建立を助けるデモンストレーションをして全国的に人気が出ました。

道鏡事件（七六九）では、和気清麻呂に「わが国は開闢このかた、君臣のこと定まれり。臣をもて君とする、いまだこれあらず。天つ日嗣は、必ず皇緒を立てよ。無道の人はよろしく早く掃除すべし」と神託を与えました。やがて、応神天皇と同一視され始め、さらに清和源氏の氏神のようになりました。

石清水八幡宮がある京都府八幡市は「やわた」です。滋賀県の近江八幡市は「はちまん」で、北九州市誕生以前にあった八幡市は「やはた」、製鉄所は「YAWATA」でした。もっとも「やわた」といっても旧仮名遣いでは「ヤハタ」です。

伊勢と並ぶ皇室第二の宗廟とされていた石清水八幡宮は、平安時代の清和天皇

豊臣秀吉以前の伏見・八幡市周辺の水系

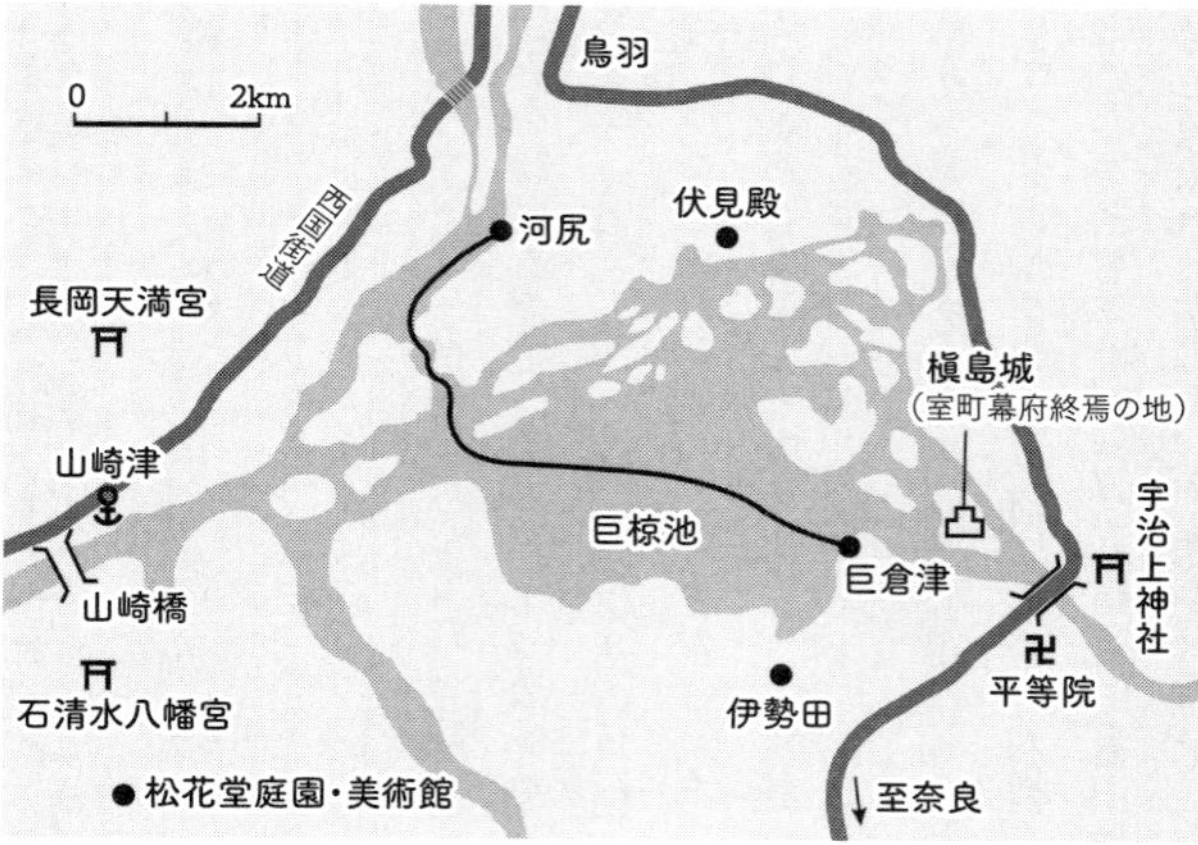

（八五〇―八八一）のときに紀御豊が創立し、その子孫が代々、検校という総支配人のような地位を継承しました。中世には、神仏混淆ですから、八幡神は八幡菩薩として僧形で表現されました。

南北朝時代の後円融天皇（一三七一年即位）の母・崇賢門院は、左大臣広橋兼綱（日野家の分家）の養女として藤原姓でしたが、石清水八幡宮の善法寺通清（紀氏）が実父で、生母智泉尼聖通は鎌倉幕府から排斥された順徳天皇（一一九七―一二四二）の曽孫です。

崇賢門院の姉妹である紀良子は、室

町幕府二代将軍・足利義詮（一三三〇―一三六七）の側室となり足利義満を産みました。後円融天皇は、義満とは同い年のいとこだったわけで、足利義満が皇室と自分をさほどレベルの違わない存在と意識した原因です。

ただし、普通の貴族の邸宅と同程度だった京都御所を、少し立派なものにしたのは足利義満で、皇室を軽く見たとはいえません。私は、義満は足利将軍家を五摂家並みにしたいと思ったと解釈し、それを豊臣秀吉が真似たのだと思います。

文永の役（一二七四）と弘安の役（一二八一）は、いずれも後宇多天皇の御代で、亀山上皇が治天の君でしたが、上皇は、自ら石清水八幡宮で徹夜の祈願や報賽を行いました。

山崎はスコットランドに似ている？

幕末に孝明天皇は幕府に攘夷の決行を迫り、上洛していた将軍・徳川家茂（一八四六―一八六六）を石清水八幡宮へ攘夷祈願に誘い出そうとしました。しかし、攘夷を実行する気がない家茂は、将軍後見職の一橋慶喜に代参をさせることにし、慶喜も八幡まではついていったものの、急病を装って逃げ出しました。彼らも神様に嘘をつくのは嫌だったのです。

淀川を挟んで石清水八幡宮がある男山（標高約一四三メートル）と山崎の天王山（標高二七〇メートル）が相対しています。サントリーの蒸溜所が山崎につくられたのは、名水で知られる水無瀬神宮（後鳥羽上皇の離宮跡）に近く、千利休がつくった国宝の茶室「待庵（妙喜庵）」もあり、宇治川、木津川、桂川の三つの大河川が合流することから、霧が立ち込めていてスコットランドに似ていたからです。

サントリーの蒸溜所は大阪府三島郡島本町にありますが、ＪＲの山崎駅は京都府大山崎町です。江戸時代の西国街道山崎宿は、摂津と山城にまたがっていたのです。

大山崎町にはアサヒビール大山崎山荘美術館があります。ニッカウヰスキーの前身である大日本果汁の創業にも参画した実業家・加賀正太郎が建てた建築を、アサヒビールが企業メセナで買い取り、安藤忠雄氏の設計で改修しました。

この山崎は、かつては、京都港というべき港町でした。紀貫之も土佐から船で大阪は素通りしてここで船を下り、京都に車（御所車のようなもの）を取りにやらせて数日間滞在しました。

また、豊臣秀吉は清洲会議のあと大坂築城まで、天王山に山崎城を築いて本拠にしました。大山崎町歴史資料館には待庵の原寸大模型（創業時復元）があります（197ページの地図もご参照ください）。

グルメ情報 八幡市に、京都吉兆の出店もある「松花堂庭園・美術館」があり、「松花堂弁当」発祥の地とされています。石清水八幡宮の瀧本坊住職を江戸初期に務めた昭乗が好んだ農家風の器に由来します。これを、「吉兆」の創業者湯木貞一が弁当に使い知られるようになりました。

32 室町通のどこに「花の御所」はあったのか

室町幕府の所在地は同志社大学寒梅館

「室町時代」といいますが、幕府はどこにあったのかというと京都の人もよく知らないのです。

室町通は、平安京の南北の通りである室町小路そのものです。東洞院大路と西洞院大路のあいだには、三本の小路があり、東から烏丸小路、室町小路、町尻小路（現在の新町通）と並んでいました。

戦国時代には、京都は御所や幕府がある上京（かみぎょう）と商工業の町である下京（しもぎょう）のふたつの町に分かれ、それが、室町通で繋（つな）がっていました。

現在の御所は南北朝時代に北朝の拠点だった土御門東洞院殿で、幕府はその北西、今出川通、室町通、上立売通、烏丸通に囲まれた「花の御所」にある時期が長かったのです。ささやかな石碑が室町通と今出川通の交差点角にありますが、烏丸通に面して、同志社大学・寒梅館（かんばいかん）の巨大な煉瓦造（れんがづくり）風のビルが建ち、将来とも再建が難しくなったのは残念です。超一級の旧跡ですから、数十年かかっても土地を確保して復元に

室町通の地図

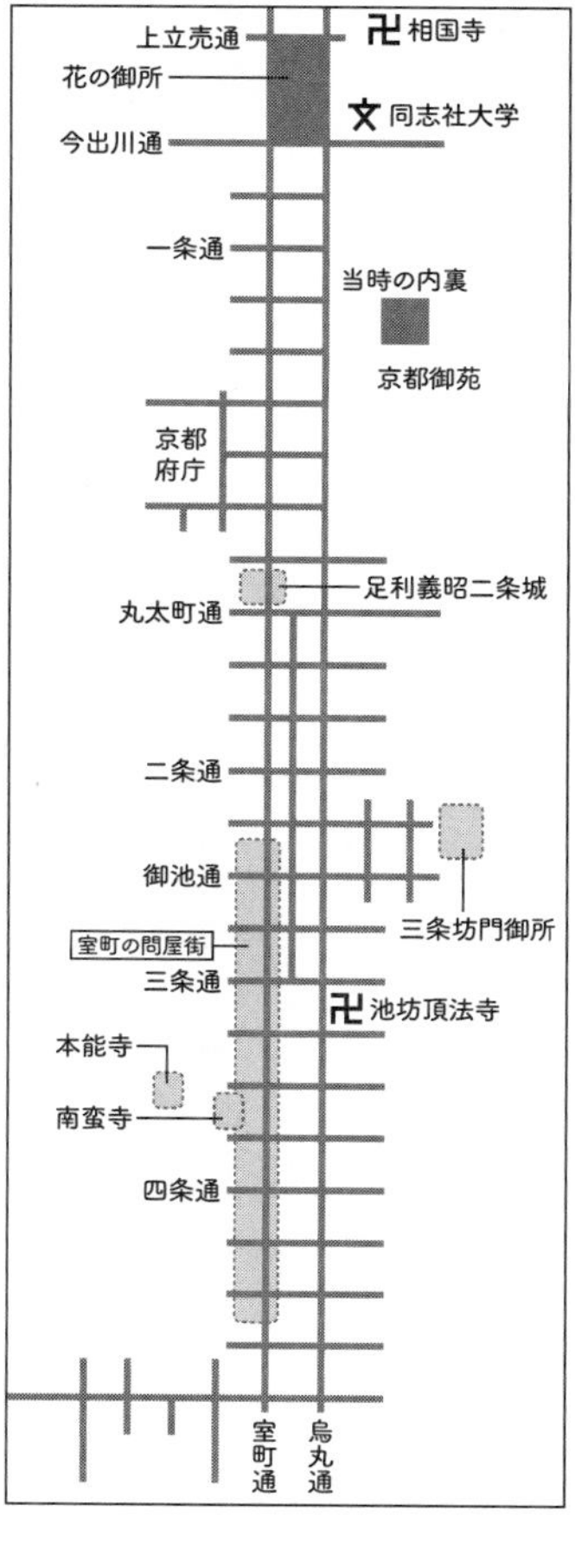

上立売通
相国寺
花の御所
同志社大学
今出川通
一条通
当時の内裏
京都御苑
京都
府庁
足利義昭二条城
丸太町通
二条通
御池通
三条坊門御所
室町の問屋街
三条通
池坊頂法寺
本能寺
南蛮寺
四条通
室町通
烏丸通

備えるべきではないでしょうか。

庭には鴨川から水を引いて池を作り、四季の花を植え、しばしば天皇や公家を招いて宴が行われていたところから「花の御所」と呼ばれています。

ただし、足利尊氏(あしかがたかうじ)（一三〇五－一三五八）が将軍になったころや、義満の死後のしばらくは、三条坊門高倉と柳馬場のあいだにありました。「ミツハシ」というスポーツ用品店のあたりです。坊門小路というのは、三条とか四条の二本北の通りをいい、三条坊門は、現在の御池通で、高倉通は大丸の東側の通りで錦市場の入り口があるところです（錦市場の八百屋が本業だった伊藤若冲(いとうじゃくちゅう)の絵画をあしらった暖簾(のれん)がかかっています）。後醍醐天皇は北東の二条富小路殿を御所にしていました。

足利時代の末期には二条城などにいましたが、それは現在の場所ではなく、烏丸御池の京都国際マンガミュージアムのあたりです。

山名宗全邸のあった山名町

室町通というのは、北は北山通から南は久世橋通まで続いている長い道です。途中断しているのは、東本願寺と、それから京都駅ですが、南北を抜ける自由通路は室町小路という愛称で呼ばれています。

また、二条通と五条通のあいだあたりは、「室町の問屋街」で、京呉服関係の問屋さんはだいたいこの地区にあります。とくに、三条室町界隈には老舗が集中しています。ここ一〇年くらいは、町家を活用したレストランなどが増えています。

花の御所と烏丸通を挟んだところには、同志社大学の今出川キャンパスがあります。さらに、その北東には足利義満が創建した相国寺があり、塔之段町（とうのだんちょう）という地名のところに七重塔がそびえていました。

一三九九年に落成し、高さは一〇九メートルもあったといい、一九六四年に一三一メートルの京都タワーができるまで歴史上トップでした。京都タワーより標高の高い上京にありましたから、京都タワーより目立ったはずです。相国寺は臨済宗（りんざいしゅう）の寺院で、金閣寺や銀閣寺の住職も、臨済宗相国寺派管長が兼ねています。

応仁の乱の主役である山名宗全（やまなそうぜん）（一四〇四―一四七三）の邸宅は、堀川上立売の南西に山名町という名を残して石碑もあります。細川勝元（ほそかわかつもと）邸は、それより少し東の上立売通と小川通の交差点の北西側でした。そして、最初の衝突が起こったのは、地下鉄鞍馬口駅の東にある上御霊（かみごりょう）神社の境内でした。

また、同志社大学寒梅館の北にある河村能舞台は、能の体験施設として知られています。

足利将軍というと、武士が朝廷や公家を押さえ込んだという印象が強いのですが、足利義満が公家文化のなかで育った人ですから、武士が公家化したともいえます。そこへ、日明貿易の活発化によって、宋代以降の新しい中国文化がもたらされました。その媒介となったのが、禅宗です。とくに、京都五山がその中心になりました。どこが五山かは、時期により少し異動がありますが、南禅寺（岡崎の東）が別格で、天龍寺（嵐山）、相国寺、建仁寺（祇園の南側）、東福寺（東山区の九条あたり）、万寿寺の順です。大徳寺（紫野）は一時は数えられましたが、離脱し、妙心寺（花園）は臨済宗で最大のグループの本山ですが、最初から入っていません。ちなみに、ラグビーの聖地花園ラグビー場は東大阪市で妙心寺とは関係ありません。

万寿寺は六条東洞院あたりにありましたが、火事で衰微し、豊臣時代に東福寺の北に移転し、現在は塔頭になっています。

グルメ情報 近くにある「閑臥庵」は後水尾法皇（一五九六―一六八〇）の命で開かれた黄檗宗の禅寺ですが、普茶料理をライトアップされた伽藍や庭園を見ながらいただける人気スポットです。禅宗のお寺では精進料理が出されますが、これが江戸時代までの日本人にとっては中華料理だったわけです。南禅寺や天龍寺の周辺には、湯豆腐の良い店が多くあります。

33 平安京は桓武天皇だが京都は豊臣秀吉の作品だ

鰻の寝床は黒田官兵衛の発明？

四七都道府県の県庁所在地のほとんどは、豊臣の大名が建設した城下町だったり、大きく改造された町です。札幌と宮崎は明治になって建設された新都市ですし、青森、新潟、横浜、神戸、長崎、那覇は港町、奈良はかつての都、長野は門前町、千葉は門前町であり宿場町ですが、それ以外は城下町です。

戦国時代以前の守護や地頭は平地の館か、朝倉氏の一乗谷のような谷間の奥、戦乱がひどくなると山の上の城に住んでいましたが、いずれの場合でも大きな城下町はなく、定期的に立つ市を利用したりしていました。武士の多くは農村の領地に住んでいたのです。

それが信長や秀吉のもとで、兵農分離が進み、城の周辺に集められるようになり、城下町というものができるようになりました。岐阜、長浜、安土などが初期の城下町

御土居と新京極・寺町の開発

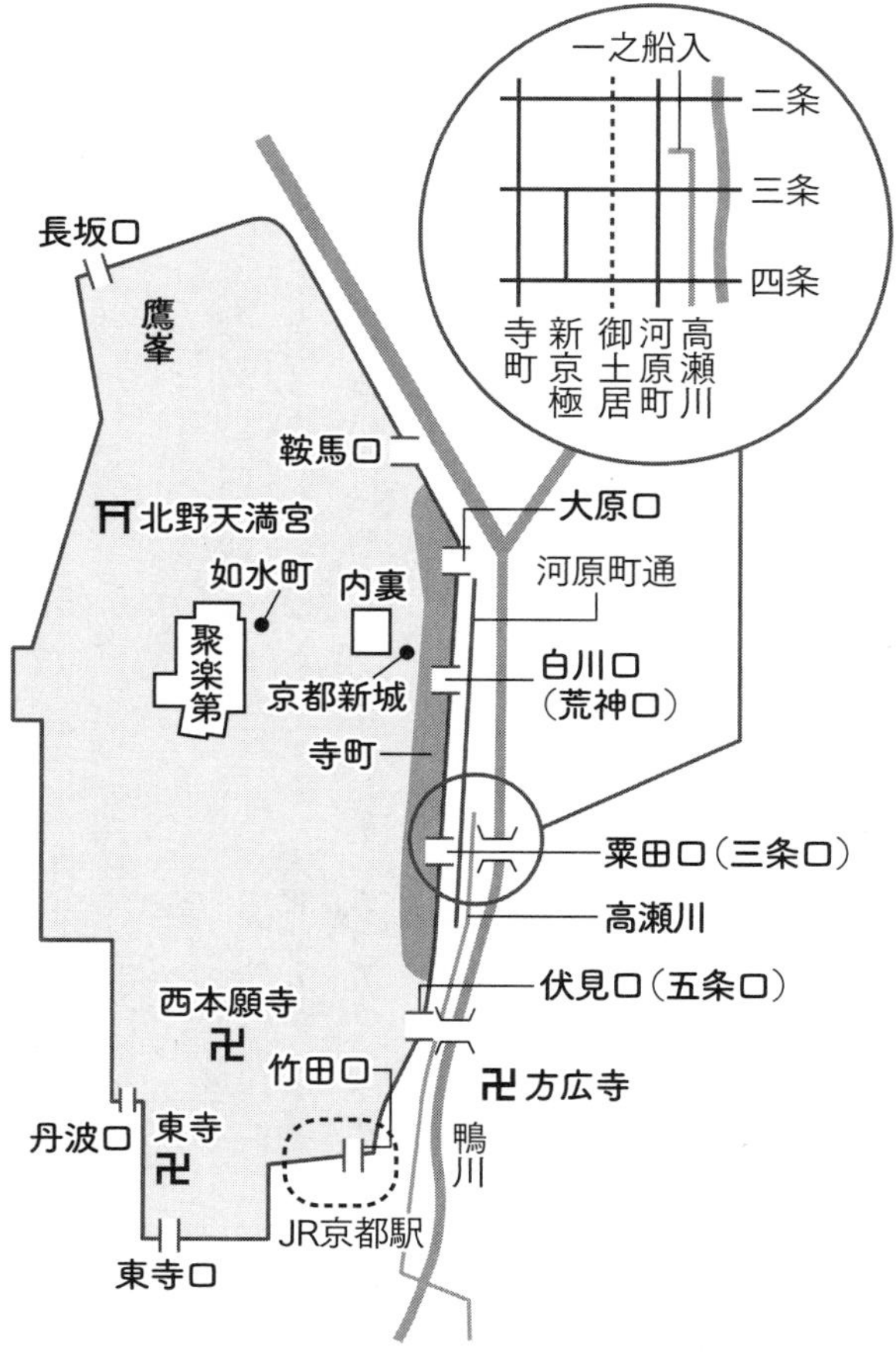

で、とくに長浜は城下町の原点を知るにはもってこいです。

そして、城下町全体を惣構え（そうがまえ）で囲い込むようになったので、人口密度をたかめねばなりません。そこで、狭い間口で奥行きが長い町家が誕生したわけです。間口の長さで税金を決めたからというのは都市伝説です。こうした町造りをもっとも得意としたのは、黒田官兵衛（くろだかんべえ）（一五四六―一六〇四）です。

京都は、平安京が正方形の街区からなっていたのを、南北にもう一本道路を通して東西七〇メートルほどの短冊状の区画として、東西に奥行き三五メートルほどの鰻の寝床が基本単位となりました。

そして、鴨川の西側の市街地全体を土塁と空堀からなる御土居で囲んで、城門のような「口」で治安を確保しました。ＪＲ嵯峨野線の駅名になっている丹波口はその名残です。また、鴨川には三条大橋や五条大橋のような頑丈な橋を架けました。

そして、秀吉は居城として聚楽第を築きました。初めは大坂遷都とか行幸を考えたかもしれませんが、平清盛の福原京の苦い記憶もあって抵抗が強いとみた秀吉は、京都にこの城をつくって大坂から引っ越しし、行幸を仰ぐ現実路線をとったのです。

この背景には、秀吉は、信長と違って、朝廷での儀式などが嫌いでなかったという単純で実際的な理由があると思います。「喜びが集う邸宅」といった意味で、二条城と比べてもかなり立派な「城」でした。広島城は毛利輝元(もうりてるもと)が聚楽第をモデルにして築いたといわれていますが、縄張りもよく似ています。

場所はかつての大内裏跡の北東部分で、「内野」と呼ばれていたところです。主要部分は、東西南北が大宮通、千本通、出水通、一条通で囲まれた範囲で、須浜町(すはまちょう)とか山里町(やまざとちょう)といった地名が御殿の庭園の跡であることを偲ばせます。

大名屋敷は、堀川・千本・丸太町・今出川に囲まれた地域にあり、いまも、黒田官兵衛にちなむ如水町(にょすいちょう)のほか、福島町、長尾町などがあります。また、丸太町堀川周辺には聚楽町、丸太町千本のあたりには聚楽廻(じゅらくまわり)とつく町があって、それぞれ城下町的な地区であったことを偲ばせます。

聚楽第に秀吉は、一五八八年、後陽成(ごようぜい)天皇の行幸を仰ぎました。いずれにせよ、この行幸で人々は戦国の終わりと豊臣の天下が確固たるものであることを確信し、これを機会に、皇室や公家、門跡の経済基盤が確立され、文化活動や伝統的な儀式の復興が始まりました。

南北朝時代以来、あいまいになっていた皇室が、国の正統性の象徴であるという考え方も再確認されるなど、日本史のひとつの転換点となったといえます。明治元年に豊国神社の再興が命じられ、明治天皇の御陵も伏見城本丸跡に築かれたわけですが、それはアンチ徳川だけの意図ではないのです。

秀吉は聚楽第を関白職とともに秀次（一五六八－一五九五）に譲りましたが、秀次を排除したあと完全に撤去し、建物は伏見城建設などに転用されました。大徳寺唐門は遺構である可能性が高く、当時の絵屏風に西本願寺飛雲閣に似た建物が描かれているので、もしかすると遺構かもしれないといわれています。

公家屋敷も移転

秀吉の都市改造では、公家屋敷も御所の周辺に集められました。たとえば、近衛家は同志社大学新町キャンパスにありましたが、御所の北側に移っています。また、寺院は市内各所にありましたが、寺町通や寺之内に移りました。

戦国時代の京都では、下京で法華宗が盛んになり、本能寺も本能寺の変（一五八二）のときは、四条西洞院にあったのですが、現在の寺町通の三条より少し北に移りました。廬山寺が船岡山南麓から現在のように紫式部の邸宅跡に移ったのもこのときです。

寺院では、本願寺が和歌山から大坂天満を経て、堀川七条に移ってきました。これが、現在の西本願寺です。

また、東山に方広寺（ほうこうじ）を創建して巨大な大仏殿を建設しました。現在の豊国神社の場所です。大きさは八八×五五メートル、高さは四八メートルで、東大寺大仏殿と高さはほぼ同じです。東大寺大仏殿の大きさが五七・五×五〇・五メートルなのでかなり大規模でしたが、一七九八年に焼失しました。

徳川幕府がこの大仏殿に敵対的だったことはありません。それどころか、朝鮮通信使をここへ参拝させようとして喧嘩したりもしています。

豊国神社は、秀吉の墓がある阿弥陀ヶ峰（標高一九六メートル）の石段の下の京都女子学園のキャンパスのあたりにありました。

グルメ情報　聚楽第跡のあたりのおすすめは、今出川通のパン屋「ル　プチメック」。堅めでクラシックなフランス・パンで知られる伝説の名店ですが（東京では日比谷に支店あり）、カフェ併設です。

34 徳川幕府は伏見幕府として始まり二条幕府として終わった

徳川幕府は初め伏見幕府だった

大坂夏の陣（一六一五）のあと、伏見城が廃城になったのは、豊臣の思い出を消すためという俗説がありますが、ありえないことです。なにしろ、徳川家康が将軍となったのは、伏見城にいるときで、徳川幕府は江戸幕府でなく伏見幕府として出発したのです。また、二代将軍秀忠（ひでただ）や三代将軍家光（いえみつ）も将軍宣下（せんげ）をここで受けたのですから、徳川にとってとても大事な城だったのです。

聚楽第を秀次に譲ったあと、秀吉は家族を大坂城に置いて、肥前名護屋城（ひぜんなごやじょう）で大陸出兵の指揮を執っていましたが、母の死などもあって畿内に戻ってきました。最初は大坂を本拠としましたが、京都に拠点も必要なので、伏見宮家が所有していた指月山（しげつ）（標高一一五メートル）の屋敷を買い取り、別荘を兼ねた城を築きました。

ここを本拠に秀吉は秀次との折り合いをつけようと考えましたが、秀次は側近の若

伏見の歴史散歩地図

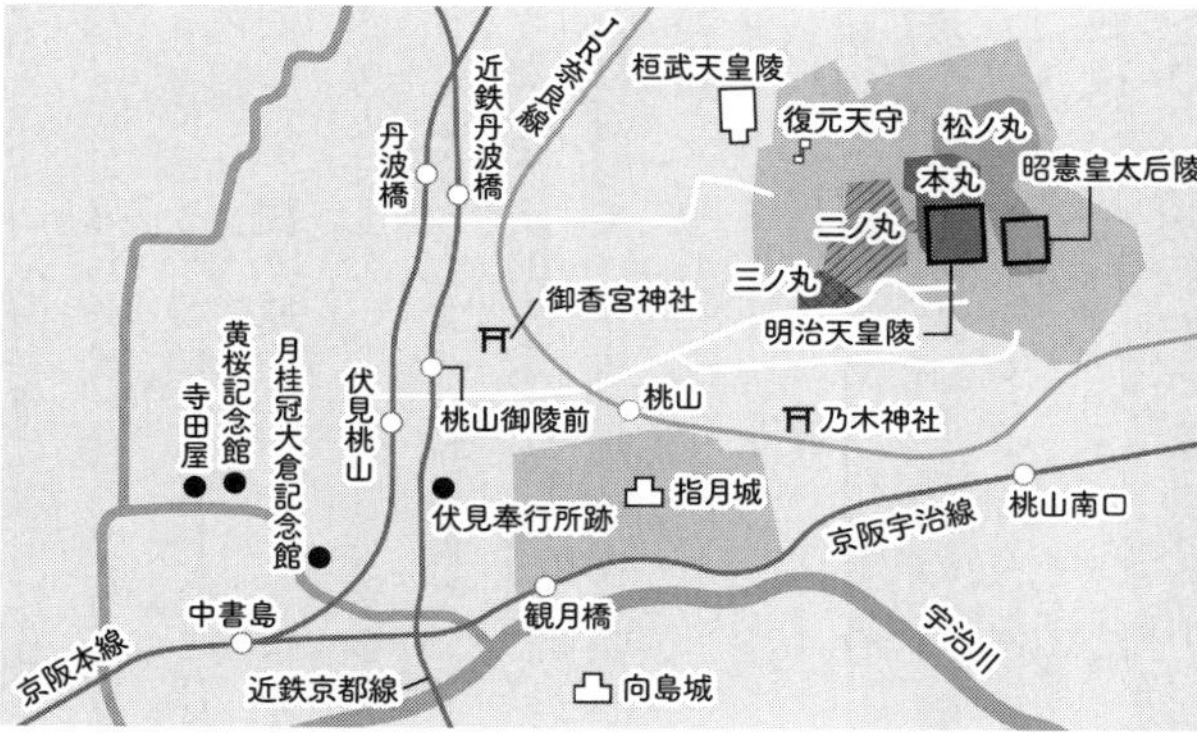

手にそそのかされて地位に執着し、誤解を招くような行動を繰り返し、切腹するはめになりました。

このあと、大地震が起こり伏見城は崩壊し、秀吉はいったん大坂城に戻りますが、やがて、指月山の北東の木幡山（標高一〇五メートル）に大規模な城を築き、ここで死にました。遺言に基づいて秀頼と茶々はおもり役の前田利家（一五三九−一五九九）とともに大坂城に移り、徳川家康がここを本拠に政務を見ました。

関ヶ原の戦い（一六〇〇）では、西軍に対して鳥居元忠が徹底抗戦したことから、城は全焼しましたが、戦後、再建されて家康の居城となり、ここで将軍宣下を受け

（一六〇三）、一六〇七年に駿府に移るまでここにいました。

一方、聚楽第を廃城としたのち、京都市内の拠点として秀吉は、現在の仙洞御所の場所（三本木と呼ばれていました）に京都新城を築きました。寧々が晩年を過ごしたのはここで、関ヶ原の戦いのときは、西軍寄りの立場だったので裸足で逃げ出して御所に避難しました。二〇二三年のNHK大河ドラマ『どうする家康』では、寧々と家康は仲が良かったように描かれていましたが、家康は寧々の実家の木下家を一時、取り潰すなど徹底的に冷たかったのが真相です。

これに対して、家康は現在の二条城を築いて、一六一一年の豊臣秀頼との二条城会談の舞台としました。

伏見城を廃城にした徳川秀忠

大坂夏の陣（一六一五）ののち、家康は大坂城の扱いを保留し、とりあえず、孫（長女で奥平信昌夫人となった亀姫の子）の松平忠明に一〇万石を与えて在城させて、戦後処理を担当させました。

ここで、大坂を北条滅亡後の小田原のように位置づける選択肢もありましたが、秀忠は大坂城を本格復興して、伏見城に代わる徳川の西日本の拠点として位置づけました。京都では二条城を充実させて徳川の京都での居城と位置づけ、一六二六年には拡張をした上で後水尾天皇の行幸を迎えたのですが、現在の二条城の姿になったのはこのときです。さらに、一六三四年には明正天皇（母は秀忠と江の娘・和子）の行幸を迎えましたが、これを最後に徳川将軍の上洛は幕末まで行われなくなりました。

伏見城の建築は、天守閣が二条城に移されたのをはじめ、大坂城、福山城、江戸城（二重櫓の伏見櫓など）、各地の寺院などに移築されました。

グルメ情報　伏見の名物と言えば清酒です。御香宮（表門は伏見城遺構）の名水は有名で江戸時代には伏見でなく伏水と書いたこともあったほどで、良質の水に恵まれたこともあって、江戸時代の初めから酒造業が栄えました。老舗の「月桂冠」の創業は一六三七年ですが、明治になると京都市内の造酒家が多く伏見に集まったことや、東京での市場開拓に熱心だったことで灘と並ぶ産地となりました。「月桂冠大倉記念館」や「キザクラカッパカントリー」といった施設があります。

35 城下町淀と巨椋池はなぜ消えた

江戸時代の伏見は日本有数の港湾都市だった

秀吉は伏見で城を築いただけではありません。平安時代から淀川を大型船が遡上できるのは山崎までで、小型船だと鳥羽まで上がれたことはすでに紹介しました。なにしろ宇治川は巨椋池に流れ込んでいたので水深が浅かったのです。

鶴松（一五八九―一五九一）と茶々が住んだ淀城は、宇治川の北側にあって、秀吉は大坂城から上洛するときには、ここで上陸して京都に向かう足場にしたわけです。

しかし、秀吉は淀川水系の抜本的な改造に取り組みます。秀吉は、宇治川と巨椋池を太閤堤で遮断して、琵琶湖から流れてきた水量のまま宇治川が伏見の城下を流れるようにしたのです。

これで、当時としてはかなり大型の船が、伏見まで上がれるようになり、逆に山崎や淀の港湾としての価値はなくなったのです。

そんなわけで、この第一期の淀城は廃城になりましたが、その跡は納所北城堀とか南城堀といった地名として残っています。淀城が復活したのは、徳川秀忠と家光が伏

豊臣秀吉以降の伏見・八幡市周辺

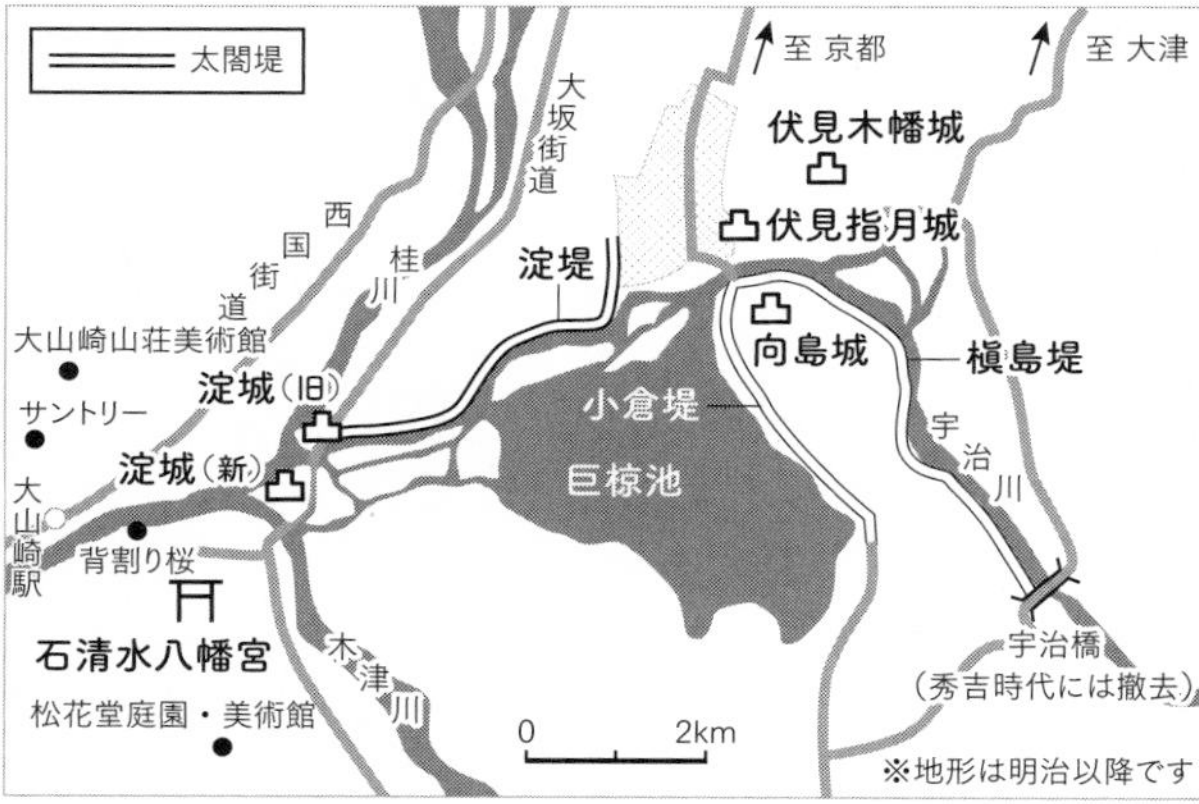

見城を廃城にしたときです。淀川を行き交う船の監視は必要だったので、新しい淀城が宇治川の南側に築かれ、大きな水車が置かれて名物になりました。

また、角倉了以（一五五四―一六一四）が高瀬川をひらいて、二条まで小舟が遡れるようになり、二条付近には方向転換や荷下ろし、船だまりのために西に張り出した船入が建設され、現在も「一之船入」だけは残っています。

伏見は港町として栄え、寺田屋事件（一八六二）や坂本龍馬の妻である「おりょう」が勤めていたことで知られる寺田屋に代表される船宿も繁盛しました。西国大名は、大坂から舟で伏見まで来て、しばらく滞在して都の人々と交流などしましたが、幕府を慮って洛中には入らずに、小栗栖、醍醐から追分で東海道に合流し逢坂の関から大津へ出ました。

一〇万石の淀城主になったのは、稲葉正知（一六八五―一七二九）です。幕末の城主は稲葉正邦で幕府の江戸詰老中でしたが、鳥羽伏見の戦いのときには、留守を預かる藩士たちは、朝敵とされた幕府軍（新撰組も参加）を見限って入城を拒否し、幕府軍を驚かせましたが、畿内にあった譜代大名の場合、勤王派の藩士が多かったのは、膳所藩や彦根藩でも同じで、率先して官軍に加わったのはごく自然だったのです。

淀の城下町は、明治になって、淀三川（宇治・桂・木津）の合流を細長く並行させる近代的な方式に変更したので消えてしまいました。そのかわりに、長い堤が「背割り桜」と呼ばれる花見の名所になっています。

伏見桃山御陵の裏に天守台跡

江戸時代の京都は、豊臣時代の枠組みをそのまま引き継ぎましたが、本願寺の跡目争いから、東本願寺が独立して、烏丸七条に建設されました。また、徳川家は浄土宗ですから、知恩院の大伽藍の建設が実現しました。

京都御所が、光格天皇（一七七一―一八四〇）の願いを松平定信が受け入れて現在の姿になったことは、217ページで説明します。後水尾上皇の修学院離宮、八条宮智仁親王の桂離宮は、宮廷文化や桃山文化を大衆化したのが特徴の寛永文化の粋というべきものです。

伏見城の跡は、明治天皇が自ら自分の陵墓の場所として指定したので、伏見桃山御陵は伏見城の本丸跡があてられました。天守台は御陵の背後にありますが、立ち入り禁止です。戦前は、御陵は伊勢、橿原と並ぶ日本三大聖地とすらいわれましたが、いまでは、東京の明治神宮は大事にされているのに、ほとんど顧みられないことになっているのは残念です。

戦後になって、天守閣が再建されることになりましたが、もとの場所は御陵ですから無理で、城内の端っこのほうに建設されたのが、現在見る伏見桃山城です。大坂城が白壁で、桃山時代と江戸時代の様式が混淆したものであるのに対して、桃山時代らしいデザインの城ですが、耐震基準に合わないので内部は閉鎖中です。

また、毛利長門、長岡越中、井伊掃部、金森出雲、加賀屋敷、福島太夫、治部、島津、最上、景勝などといった町名が残り、散策して楽しい町になっています。

グルメ情報 この伏見の海宝寺とか宇治市内の黄檗山万萬福寺(おうばくさんまんまんぷくじ)では、普茶料理という中華精進料理が名物です。また、煎茶も黄檗宗寺院で発展しました。薩摩の名君、島津重豪(しげひで)は、参勤交代の途中で萬福寺に立ち寄って普茶料理を食べ、それを江戸で他の大名にふるまったそうです。

京都グルメ事典(その1)

朝がゆ	「瓢亭」の朝がゆは、日本でいちばん有名な朝ご飯。
鮎の塩焼き	京都周辺の鮎によいものが多いし、川魚料理は京都人は得意。
いもぼう	海老芋と干し鱈という粗末な材料から京都人の知恵で。
宇治金時	抹茶デザートブームだが、かき氷がいちばんおいしいと思う。
ウナギ茶漬け	京都の佃煮類ではこれが最高。ウナギ料理ではう巻きが大好き。
おあげ	水菜など青菜と炊き込んだものが京都人は大好き。
お雑煮	白味噌がおいしいと感じるなら、あなたの味覚は京都人。
お番茶	関東でいう「ほうじ茶」。京都の料理にはこれが合う。
親子どんぶり	天ぷらを使った天とじ丼もいい。
懐石風洋食	懐石の手法と京野菜などの活用で新境地も。
かぶら蒸し	近江かぶらをすりおろしてあんとともに蒸し上げる。
賀茂茄子	揚げて甘辛い味噌で。
鴨ロース	和風の薫製料理として大傑作。鴨の深い味が生きる。
かやくご飯	かしわ、牛蒡、にんじん、じゃこ、こんにゃくなどを炊き込む。
変わり豆腐	辛子豆腐、ゆず豆腐などがおすすめ。
求肥巻き	甘い酢と昆布という京都ならではの材料が生きる。
餃子	学生の町ならではの実質本意の料理の代表。
ぐじ	甘鯛。ほどよく塩になじんだものを焼いたり、糸造りにしたり。
九条葱	緑色鮮やかな九条葱は何にでも合うが、葱焼きや葱ラーメンも。
葛切り	「鍵善」の黒蜜で食べる葛切りは、和風喫茶メニューの大傑作。
小鯛の笹漬け	そのままでもいいが、押し寿司にしてもいい。
鯖寿司	濃厚なものからもっと淡泊なものまでいろいろ。
柴漬け	見た目、歯ごたえ、さわやかな味を兼ね備えたもの。
しゃぶしゃぶ	全国に広まったが、良質な牛肉の食べ方として偉大なる発明。
ジュンサイ	味らしきものが何もないが、食感を楽しめたのが京都人。
精進料理	「大徳寺一久」のような正統派から、美味追求型まで。
すき焼き	砂糖と醤油で文字通りまずは焼いて食べるのが基本。
すぐき	水準が高い京都の食文化が生み出した滋味豊かな漬け物。
すっぽん料理	「大市」は多くの有名人を迎えてきた。
千枚漬け	料理人が考えた創作漬け物の最高峰。もはや料理である。
筍料理	春なら洛西で筍フルコースを。旬の筍ご飯はすべてのご飯料理の最高峰。
たこ焼き	「京たこ」ブームで東京でも人気の表面カリカリが特色。
だし巻き	私自身は京都でいちばんおいしいものだと思う。

京都グルメ事典(その2)

丹波黒豆	甘辛あらゆる食べ方があるが、甘煮がやはり最高。
粽	「川端道喜」は御所御用達だった。
ちりめん山椒	京都人は山椒の使い方が上手である。料亭のおみやげにも。
鳥すき	かしわ(鶏肉)のすき焼きもおいしい。
トンカツ	「かつくら」は京料理の感覚を生かして全国展開へ。
菜の花漬け	大津市田上の名産だが、季節を告げる漬け物の原点がここにある。
鍋焼きうどん	大阪のきつねうどんに対抗するのは、鍋焼きか。
生麩	煮物、揚げ物、吸い物、それに麩饅頭とレシピも広い。
生湯葉	水っぽい安物でなく、しっかり濃厚なものを、味わいたい。
にしんそば	南座横の「松葉」のものが有名。海から遠い京都人の工夫が生きる。
練りきり	茶会ではやはり練りきりが主流である。
花びら餅	宮中の正月のお菓子から。
ハモ皮とキュウリの酢の物	おばんざいの大傑作。
ハモ料理	「堺萬」が老舗だが、いまは多数の店が。
氷魚	琵琶湖から運ばれた白魚を氷魚という。
一と口椎茸	塩昆布もいいが、「永楽屋」の椎茸は誰しもが認める味。
ビフカツサンド	サンドウィッチが好きな京都人だが、トンカツでなくビフカツがおすすめ。
飛竜頭	良質のものは、電子レンジで温めるだけでも、立派な料理に。
普茶料理	黄檗山萬福寺や周辺での普茶料理は、我が国中華料理のプレヒストリー。
ボタン鍋	丹波の猪を使った鍋。
松茸料理	土瓶蒸しなどもよいが、昔はすき焼きが普通だった。
万願寺唐辛子	じゃこと煮込んだものは、おばんざいの代表だ。イタリア料理にも。
水菜の漬け物	京都人の食卓にどこでも出てくるもっともベーシックな京漬け物。
みたらし団子	団子や餅類も変わったものがいろいろあるが、みたらし団子に懐かしさが。
水無月	「おまんやさん」メニューの中の傑作。
蒸し寿司	蒸し上げたちらし寿司。
モロコ炭焼き	春の琵琶湖の名物。本当は堅田の「魚清楼」まで足を延ばしたい。
八つ橋	せんべい類の名品は多いが、安くておいしい名品はこれ。
八幡巻き	牛蒡を穴子で巻く。京都らしい食べ方だ。
湯豆腐	良質の絹ごし豆腐と昆布を惜しみなく使った湯豆腐は京都ならでは。
ラーメン	背脂系を中心に京都ラーメンも躍進中。一方でやさしい「支那ソバ」系も健在。
和風中華	卵で巻いた「春巻き」。和食化した中華は、もはや中華料理とは別物。
ワラビ餅	全国どこにでもあるが、京都の品のよい甘さは格別。

第五章

幕末から近代の京都へ

祇園祭にて青竹の上に車輪を載せて
辻回しをする長刀鉾（なぎなたほこ）

36 三条大橋は桃山時代までなかった

草津から大津まで

江戸時代の東海道五十三次の起点は日本橋で、終点は京都の三条大橋です。しかし、この三条大橋は、五条大橋とともに天下統一の一五九〇年に増田長盛（ましたながもり）を奉行として架けられましたが、それ以前には恒久的な橋はなかなか成立せず、比較的、早く架けられたのは、四条と五条の橋でした。五条はいまの松原橋（まつばらばし）で、大きな中州を挟んでちょうど瀬田の唐橋のような様子だったようです。

ですから、紫式部が石山寺に参拝するときにどこを通って現在の蹴上付近にあった粟田口へ向かったのか、信長が上洛して粟田口からどこを通って東寺に入ったのか、ルートはよく分かりませんが、秀吉の架橋のあとは、粟田口から三条大橋を通って上洛することになりました。

ここでは江戸時代の東海道で、滋賀県の草津（くさつ）宿から三条大橋まで二五キロほどの道を案内しましょう。草津を朝早く出れば、午後の遅くない時間には京の都についていたはずです。織田信長は、安土を朝出発して、五〇キロの道を一気に歩いて、夕方、

旧東海道（草津宿から三条大橋）略地図

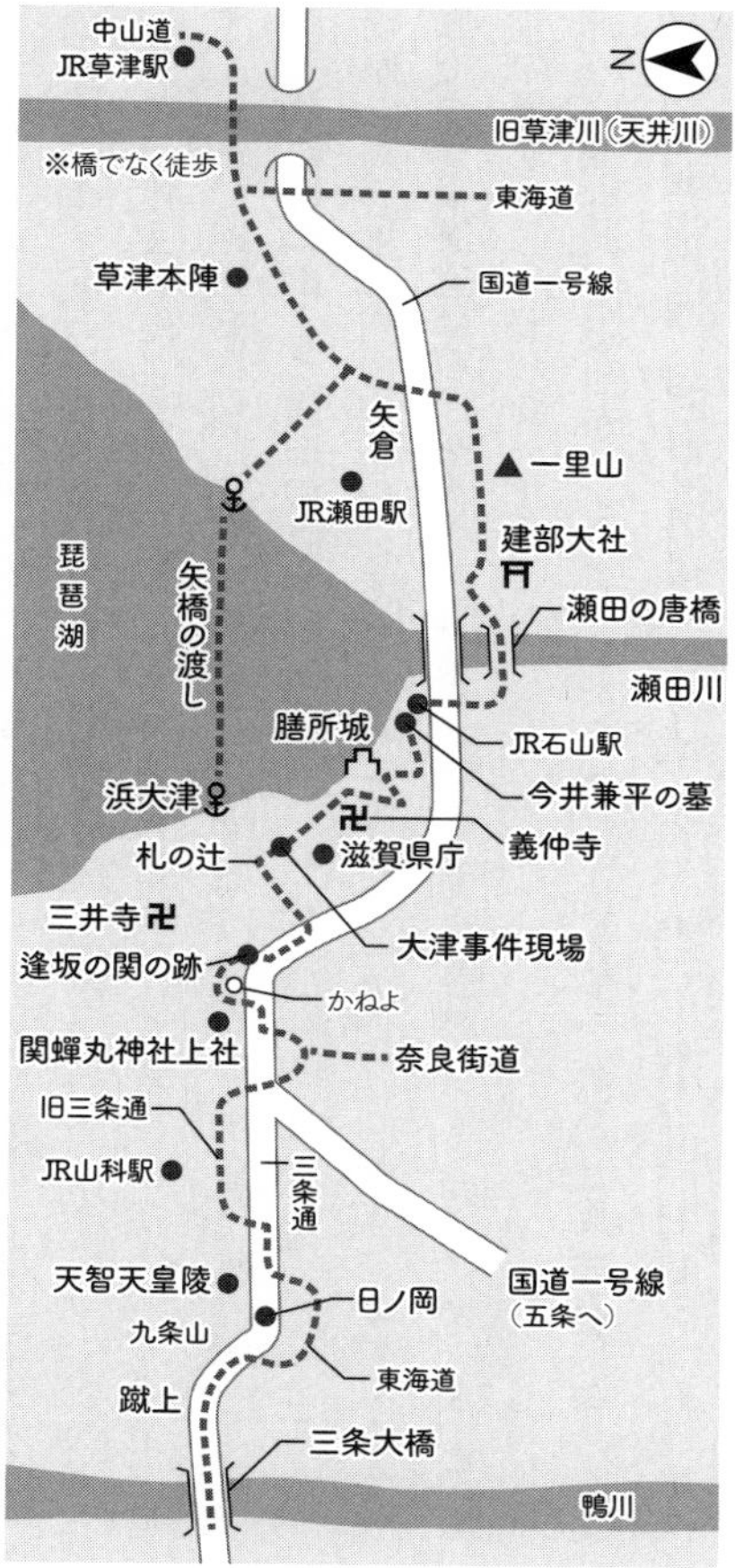

本能寺に入っていますが、草津あたりからが無理のないところです。

草津の本陣は国道より琵琶湖寄りの商店街の中ですが、そこから大津方面へ向かうと追分に着きます。右へ行くと琵琶湖を横切る矢橋(やばせ)の渡しです。こちらのほうが楽ですが、ここで生まれた「急がば回れ（瀬田の唐橋）」という格言に従い、左の道を進みます。矢倉(やぐら)で国道を横切り、瀬田駅近くで一里塚があった一里山から近江一宮である建部(たけべ)大社の横に出ると瀬田の唐橋です。

唐橋から鳥居川の商店街を抜けると木曽義仲(きそよしなか)（一一五四―一一八四）が戦死した粟津(あわづ)が原(はら)です。東海道は石山駅裏の今井兼平(いまいかねひら)の墓の近くを通っていましたが、線路と工場で昔の道が少し失われています。

膳所の城下町の中を曲がりくねりながら抜けていくと、芭蕉と義仲の墓がある義仲寺(ぎちゅうじ)の前を通ります。湖岸の埋め立てが進んだ昭和三〇年代までは琵琶湖に面していたのですが、いまは、芭蕉の愛した風景は失われています。

逢坂の関を越え花の都へ

大津市内の京町通りを昭和初期の名建築といわれる滋賀県庁を左に見ながら行くと、

ロシアのニコライ皇太子が襲われた大津事件の現場を通り、札の辻というところで左に曲がり京阪電車に沿って坂道を上ると国道一号線に合流します。このあたりからの琵琶湖の風景は、東海道でも最高のもののひとつと鎌倉時代の『十六夜日記』にはありますが、これも視線をビルが遮って失われています。愚かなことです。

坂道を上っていくと、逢坂の関の跡があり、そこから右の旧道に行きます。関蟬丸神社上社の前からすぐに国道に戻って坂を下っていくと、奈良街道との分岐点である追分です。ここをいったん左、次いで右に歩道橋を使って国道一号線と三条通（府道四ノ宮四ツ塚線・旧国道）の分岐点を横切り山科の旧三条通に出ます。しばらく進んでＪＲガード手前で三条通に出ます。

そして、ガードをくぐったあと天智天皇陵を右に見て、左の細い道に入って山沿いに九条山付近まで行って三条通に合流すると、眼下に「花の都」が広がりますので、旅人は歓声を上げたはずです。

このあたりを粟田口と呼び、京へ入るときは出迎え、出るときは見送りをした場所です。茶店などがあって、身繕いをして京に入ることもあったそうです。そして、ゆるやかな下りの道を通り三条大橋へ向かいます。三条大橋のたもとには、ここから御所を遥拝した江戸時代の武士で思想家・高山彦九郎（たかやまひこくろう）（一七四七―一七九三）の銅像があります。

グルメ情報 逢坂の関から右に旧道を行くと「かねよ」という鰻屋さんがあります。京都周辺では、たいへん有名なお店で、うな丼もさることながら、鯉こくやう巻き、それにうな丼にだし巻き卵を添えたきんし丼が優れものです。

37 龍馬暗殺の近江屋は河原町・新撰組の池田屋事件は三条通

池田屋跡は居酒屋に

幕末の京都で起きた事件の旧跡で、誰もが訪ねてみたいのは、坂本龍馬（一八三六—一八六七）が暗殺された近江屋とか新撰組が起こした池田屋事件（一八六四）の現場でしょう。

坂本龍馬の暗殺については、謎だったのは事件の直後のことで、複数の下手人も黒幕も自白しているのですから、犯人に関しては謎など何もありません。龍馬など土佐藩の工作で徳川慶喜は大政奉還し、慶喜は新政府に参加したいと思っていたのですが、京都守護職だった会津藩主・松平容保らはこれに反対していました。

そこで、容保ないしは弟で京都所司代だった松平定敬の指示により、容保側近の手代木直右衛門の弟で幕府見廻組の組頭だった佐々木只三郎が殺したということを下手人の今井信郎が自白し、直右衛門も遺言で証言しているのです。つまり、会津藩

幕末京都中心部の藩邸

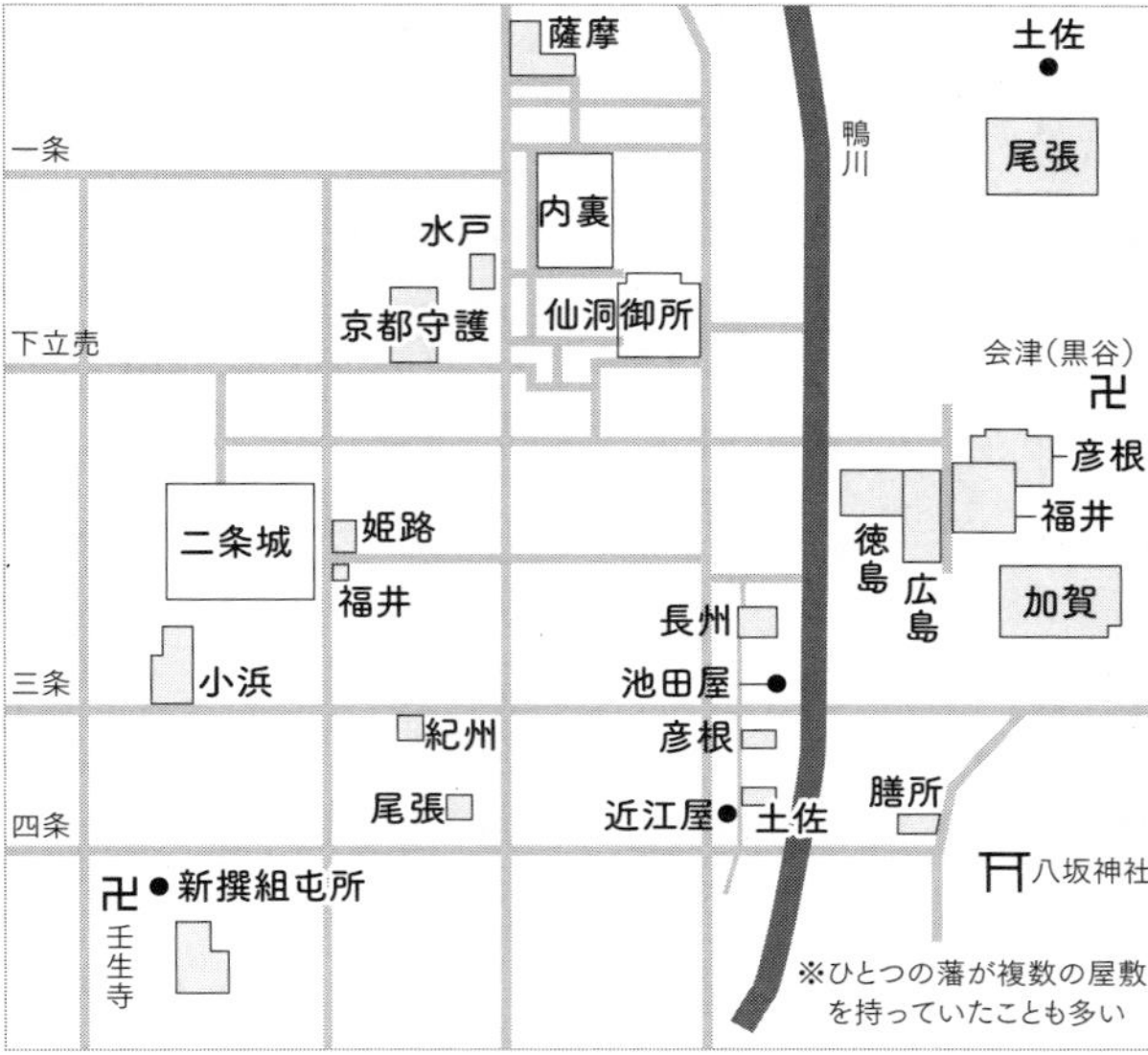

の組織的犯行で、この結果、新政府への慶喜の参加が阻止されました。つまり、福井藩や慶喜周辺などと協力して、会津など強硬派を切り捨てて、領地の差し出しなどで徳川家も新政府に協力することを条件に慶喜の居場所をつくろうという工作に坂本龍馬が福井藩とともに慶喜側近の永井尚志らに働きかけているのが気に入らなかっただけのことです。

河原町通の蛸薬師下ル西

側歩道のアーケードの下に近江屋跡の案内板があります。当時の河原町通は狭く、現在の通りの東側歩道部分だけでした。したがって、この案内板があるところがまさに現場だといっていいと思います。

江戸時代の初めに、角倉了以が高瀬川を開削するなどして市街地が御土居の外にも形成され、一六七〇年には「寛文の新堤」が築かれたので、秀吉の御土居は取り壊されて市街地化し、河原町通ができたのです。

新撰組の屯所があったのは、西の町外れの壬生村でした。壬生家という公家は複数あって、有名なのは藤原一族で七卿落ち（一八六三）に加わり明治になって東京府知事や平安神宮の初代宮司になった壬生基修ですが、古今集の撰者の一人で小倉百人一首にも登場する下級官吏の壬生忠岑（紫式部の夫・藤原宣孝の父親のボディーガードでした）もよく知られています。栃木県の壬生は、こちらの一族が土着化したことに由来します。

新撰組の名を有名にしたのは、池田屋事件です。尊攘派の浪士が京都に火を放って、天皇を長州へ連れ去る計画をしているという噂があったので、近藤勇（一八三四－一八六八）らが浪人古高俊太郎を捕まえて、蠟燭などを使ったサディスティックな拷問により、浪士が集結しているという曖昧な計画を白状させたのです。

近藤勇は、三条の池田屋に浪士が集まっていることを突き止め、取り調べもせずに片端から斬殺したのです。いくら江戸時代でも、正規の武士は、そんな無茶は違法行為ですからできません。そこで、いわば警察がヤクザを雇うような形で、合法性に問題がある治安維持活動をしたのが新撰組ですが、京の市民の評判は散々で勤王の志士たちの人気向上は怪我の功名でした。

明治以降、新撰組は勤王の志士たちを弾圧した悪党として描かれていたのですが、昭和初期の子母澤寛（一八九二―一九六八）による『新選組始末記』が出たり、司馬遼太郎の小説でヒーローのように扱われてから、おかしな肯定的な評価があるのは残念なことです。

池田屋は、「海鮮茶屋　池田屋　はなの舞」という居酒屋になって、映画で有名な長い階段などが再現されています。一方、長州藩邸は現在は、ホテルオークラ京都になっていて、木戸孝允（一八三三―一八七七）の銅像があります。

薩摩藩邸を買い取った新島八重の兄

同志社大学の今出川キャンパスは、かつての薩摩藩邸です。坂本龍馬のあっせんで木戸孝允が交渉をして薩長同盟が成立したのも、ここか、あるいはNHK大河ドラマで「篤姫の恋人」にされて知名度がアップした薩摩藩の小松帯刀が同志社大学新町キャンパスになっている近衛家別邸に住んでいたため、そちらだった可能性もあります。

その薩摩藩邸を買い取ったのが、NHK大河ドラマ『八重の桜』の主人公だった新島八重（一八四五－一九三二）の実兄で旧会津藩士だった山本覚馬（一八二八－一八九二）で、同志社大学の校地になりました。山本覚馬は、東京遷都後の京都復興の功労者といわれています。山本家の先祖は近江出身の茶人で、石高は二〇石ですが、一種の専門職的な色彩の強い家で、アルバイト収入もあったようです。

鳥羽伏見の戦いで捕虜となりましたが、意見書を出したところ、岩倉具視からも評価されて京都府の顧問となり、長州出身で府令・知事として京都の復興に努めた槇村正直の顧問として活躍しました。

覚馬は、木戸孝允から紹介され妹婿ともなった新島襄が設立した同志社の事業を助けつつ府の顧問を続けていましたが、槇村と対立して下野し、初代の京都府議会議長や京都商工会議所会頭となりました。

山本兄妹は、妹は鶴ヶ城(つるがじょう)籠城戦で女性でありながら戦い、兄はそのころ薩長に保護され大事にされていました。そんな立場の違いは、覚馬が会津に一度も帰郷しなかった一方、八重が会津へのこだわりを捨てなかったことにも表れています。同志社大学には、一時、松平容保の嫡男・容大(かたはる)が学んでいますが、素行不良で追い出されています。

今出川通は、平安京の条坊制の外側ですが、中世には北小路と呼ばれていました。この通りに沿って流れる川の名をとって今出川と呼ばれるようになりました。

グルメ情報 今出川キャンパスのすぐ北側、烏丸通と相国寺西門の前の通りの角にある「ヤオイソ」というフルーツパーラーのフルーツサンドは、同志社大学卒業生にとっては思い入れのある味です。ほかにも、平野神社の近くの「フルーツパーラー クリケット」など名店がたくさんあって、フルーツサンドは京都名物のひとつといえるほどです。

38 東京遷都は正式決定されていないとは本当か

なし崩しの東京遷都

「天皇さんは『ちょっと行ってきますわ』と言うて関東へ行かはっただけで、いつか戻ってきゃはるはずや」と京都人は好んで言います。たしかに、東京遷都は宣言されることなく行われたのですが、京都の扱いは政府にとっても頭痛のたねでした。財政難を解消するためにも、売却して田畑にするという案まであったほどです。

こうした宙ぶらりんの状態に決着をつけたのは、明治天皇と岩倉具視の意向でした。一八八三年に京都御所の保存とそこでの即位礼など皇室行事を行うことを決めました。帝政ロシアにおけるサンクトペテルブルクとモスクワの役割分担を参考にしたものでした。

京都御苑は環境省の所管で、京都御所は宮内庁です。といっても、京都の市民でもふたつの区別はつかないのですが、普通、京都御所といわれて石垣で囲まれている東西約七〇〇メートル、南北約一三〇〇メートルほどの広い空間は京都御苑です。そして、御苑の北西部にある東西約二五〇メートル、南北約四五〇メートルの築地塀で囲

現在の京都御所

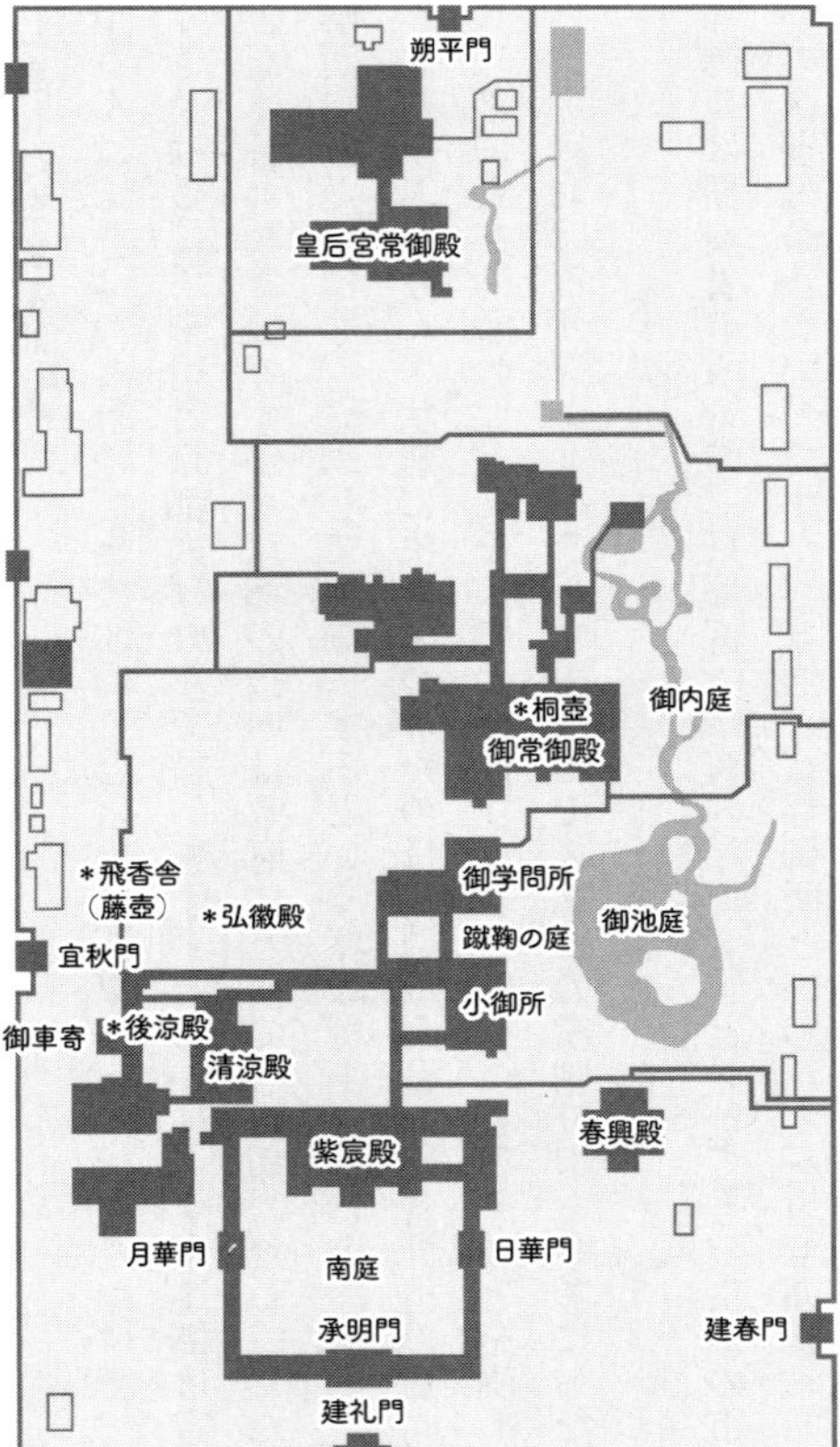

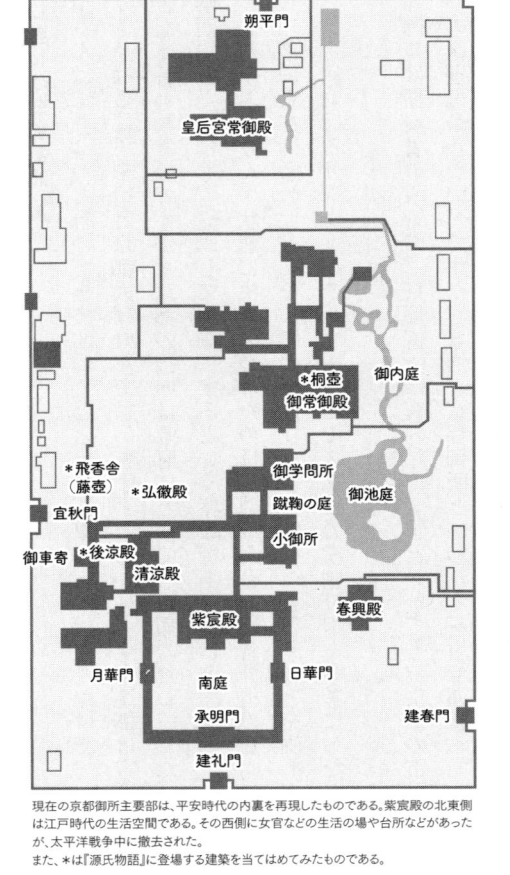

現在の京都御所主要部は、平安時代の内裏を再現したものである。紫宸殿の北東側は江戸時代の生活空間である。その西側に女官などの生活の場や台所などがあったが、太平洋戦争中に撤去された。
また、*は『源氏物語』に登場する建築を当てはめてみたものである。

まれているのが京都御所です。

江戸時代には、南禅寺や大徳寺のように、塔頭が並ぶ禅宗寺院境内のような趣でした。現在の御苑の門は昔からありましたが、その両側には公家屋敷があり、内側と外側が明確に区別されていませんでした。御所のまわりも、広い空間はなく、狭い道を挟んで公家屋敷になっていました。

ここには、藤原道長の土御門殿とは別に、堀河天皇（一〇七九―一一〇七）が即位前に住んでいた土御門東洞院殿がありました。里内裏としてしばしば使われましたが、持明院系（北朝）の本拠となり、足利義満が、これではほかの貴族の邸宅と区別がつかないと憂慮し、大幅に拡張して、現在の京都御所の規模ができました。

江戸時代中期までは、書院造の要素が入った普通の公家住宅のようでしたが、光格天皇のときに王朝風の規模と様式にしたいと希望され、松平定信が天皇の要望に添った形で再建しました（一七九〇）。

この建物は大火で焼けましたが、安政年間である一八五五年に、ほぼ焼失前の通り再建したのが今日の京都御所です。

また、大正天皇即位の御大典において仮設の饗宴会場が建設された跡地に京都の王朝文化の雰囲気を採り入れ、京都の伝統産業の粋を集めた京都迎賓館も建設され、世界各国からＶＩＰを迎えています。

京都を愛した明治天皇

明治天皇は格別の愛着を京都に持たれ、晩年にあっても、もし許されるなら譲位して京都に戻りたいと仰(おつしや)り、その御陵を伏見桃山城の跡に設けるように指示されたほどですが、孝明天皇十年式年祭に行幸されたときから「廃墮の状」を憂慮されていました。

そこで、岩倉具視が「京都皇宮保存ニ関スル意見書」を建議し、「宮闕(きゆうけつ)を保持して、民業の衰微を挽回するには、諸々の礼式を興し、他国の士民をして屢々(しばしば)この地に出入りせしむる方法を設くる」べきだとし、いくつかの提案を行いました。

そして、「即位礼及び大嘗(だいじようさい)祭の如き盛儀は、京都御所に於て施行せらるべき」ことが勅定され、一八八九年制定の『皇室典範』で「即位ノ礼及大嘗祭ハ京都ニ於テ之ヲ行フ」と明記されました。

なし崩し的に行われた東京遷都を確定させるために、東京と京都に首都機能を分担させ、また、京都の経済的な発展も明確に目的とし意識して下されたものだということであり、本来、東京が首都である限りは動かすべからざる性格のものだったはずということです。

京都では皇室を利用するなど恐れ多いという人もいて、京都府や京都市もせっかくの皇室との縁や、京都御所などの皇室施設を京都を生かすために積極的に利用しようという意識に乏しいのが残念です。明治天皇が経済的にも利用してほしいという趣旨で京都御所を残されたのに、利用しないのは、かえって明治天皇の叡慮を無駄にする不敬だと思います。

そして、京都御所を保存するとともに、その周囲にあった公家の屋敷は買い上げて撤去し、石塁で囲んで公園化し、桂離宮、修学院離宮、さらに一時は二条城も離宮とされて（一八八四年から一九三九年）、宮内庁が維持しました。

ところが、戦後のどさくさで即位礼の京都での挙行についての皇室典範の規定が消されてしまい、平成の御大典は東京で行われました。いわば第二の遷都でした。平成や令和の即位礼のときは、京都御所紫宸殿にある高御座（たかみくら）は解体された上で東京に送られ、御大典終了後は再び京都に戻されています。

グルメ情報 丸太町通烏丸西入ルの「丸太町　十二段家」では素晴らしいだし巻きがついたお茶漬け定食が楽しめます。祇園の十二段家と同じルーツらしいのですが、祇園のほうは、牛肉のしゃぶしゃぶの元祖です。戦後、中国の「涮羊肉（シユワンヤンロウ）」にヒントを得て発明したものですが、「しゃぶしゃぶ」という名は大阪北新地の「スエヒロ」という店で命名したらしいです。

39 京都のお嬢様はどこに住んでいる

山縣有朋と小川治兵衛の庭と琵琶湖疏水

　左京区というのは、上京と鴨川を挟んで東側を占める地域です。北のほうには、戦後合併した八瀬大原から福井県との府県境まで含みます。

　昭和になって交通が便利になると、東京では世田谷区とか田園調布など東急沿線が住宅地として開発され、大阪では、船場・堂島の富裕層が住居を南向き斜面の芦屋など阪神間に移しました。

　京都では、岡崎周辺などは平安時代から開けていましたが、排水や日当たり、景色がいい場所、市電もよく利用できる場所が都市計画で土地区画整理され、そこへ都心に店舗を持つ裕福な経営者や、高給とりの帝国大学教授や、芸術家や、高級サラリーマンが庭付きの一戸建て住宅を建てて、移り住みました。南禅寺、北白川、下鴨などがその典型です。

　明治になってできた琵琶湖疏水は、最初は舟の便も重宝されていました。蹴上の下船場で標高が七八メートルで、動物園の横では四二メートルです。この落差を利用し

岡崎から京都大学周辺

て水力発電が行われ、市電が走ったのです。南禅寺から北白川にかけては、琵琶湖疏水の支線が山沿いを北上しています。水車を並べて工業地帯にしようとしたのですが、電力の時代になって水車小屋は不要になりましたので、庭園に水を引き入れて庭園を造ることに利用されました。

山縣有朋（やまがたありとも）（一八三八―一九二二）が南禅寺に無鄰菴（むりんあん）という別荘を造ったときに、英国風の自然豊かな庭を日本風に再現したいと思い、東山を借景にして水が流れる庭を造るように指示したのが、小川治（おがわじ）

野村徳兵衛でした。山縣の信頼を得た小川は、平安神宮神苑の庭も設計し、さらに、七別邸碧雲荘とか對龍山荘庭園といった名作を残しました。

疏水はそのあと高野川を渡って下鴨地区を半円を描くように囲い込んでますが、これは、扇状地の地形を同じ標高のところに沿って流れているからです。

北白川、下鴨あたり

こうした邸宅は千坪単位ですが、北白川あたりでは、もう少し小さな二〇〇～三〇〇坪の邸宅が並んでいます。そして、昭和の初めに市電北大路線の開通に合わせて区画整理された下鴨では、一〇〇坪前後の小住宅地が開発されました。現在ではさらに分割されて最低単位が四〇坪になっていますが、それでも、乱開発は免れています。

左京区の住宅地は、すぐ近くに東山や北山があり、鴨川や高野川が流れているという、世界の大都市でも希有な環境で、欧米人にも中国人にも大人気です。

左京区の下鴨地区には、パワースポットとしても人気の下鴨神社があり、府立植物園、鴨川の河原などがあります。北白川から吉田にかけては京都大学、銀閣寺、哲学の道などがあります。岡崎には平安神宮、南禅寺、岡崎の美術館群などがあります。

京都大学と東大路を挟んだ向かいには、日仏会館（総領事館も兼ねる）がありますが、創立時には、哲学者のサルトルが館長に応募したのに落選しました。もし、実現していたら、世界の哲学の歴史は変わっていたかもしれません。

修学院（しゅうがくいん）には名園で知られる修学院離宮（しゅがくいん）があります。ここから、叡山電鉄の鞍馬線をさらに進むと貴船や鞍馬に行けます。また、西に峠越えして上賀茂神社の奥に出ると京都産業大学もあります。

グルメ情報 京阪電車終点の出町柳から、アニメ『けいおん！』の舞台になった叡山電鉄の沿線では、一乗寺が全国有数のラーメン激戦区。

40 京都市民でも京都人と名乗れない人たち

どこまでが「京都」？

「京都の人はやっぱり雅やかですね」と言われて、「いやあ、私のとこは京都というても田舎やさかいに」と返されて戸惑う人も多いのですが、誰しもから認められる京都人とは、どの地域の住人なのでしょうか。

京都というもっとも広い定義は京都府ですが、これは明治以降のことです。丹波は近江以上に京都ではありませんでした。

京都には郡部という言葉もありました。京都府内で市制を敷いたのは、京都市が誕生したのと同時の一八八九年ですが、二番目は伏見市で一九二九年、二年後には多くの町村とともに京都市に編入され、そのあとは、大きな合併はしていません。

そのあと、戦前には福知山(ふくちやま)と舞鶴(まいづる)が市制を敷きましたが、一九七〇年代までは両市も含めて、京都市と「郡部」とで区別していました。府知事選挙のときなど、郡部は即日、京都市は翌日開票でしたので、保守系候補が郡部ではリードして、市内で革新系に逆転されるということもありました。

昭和初年の京都市と合併

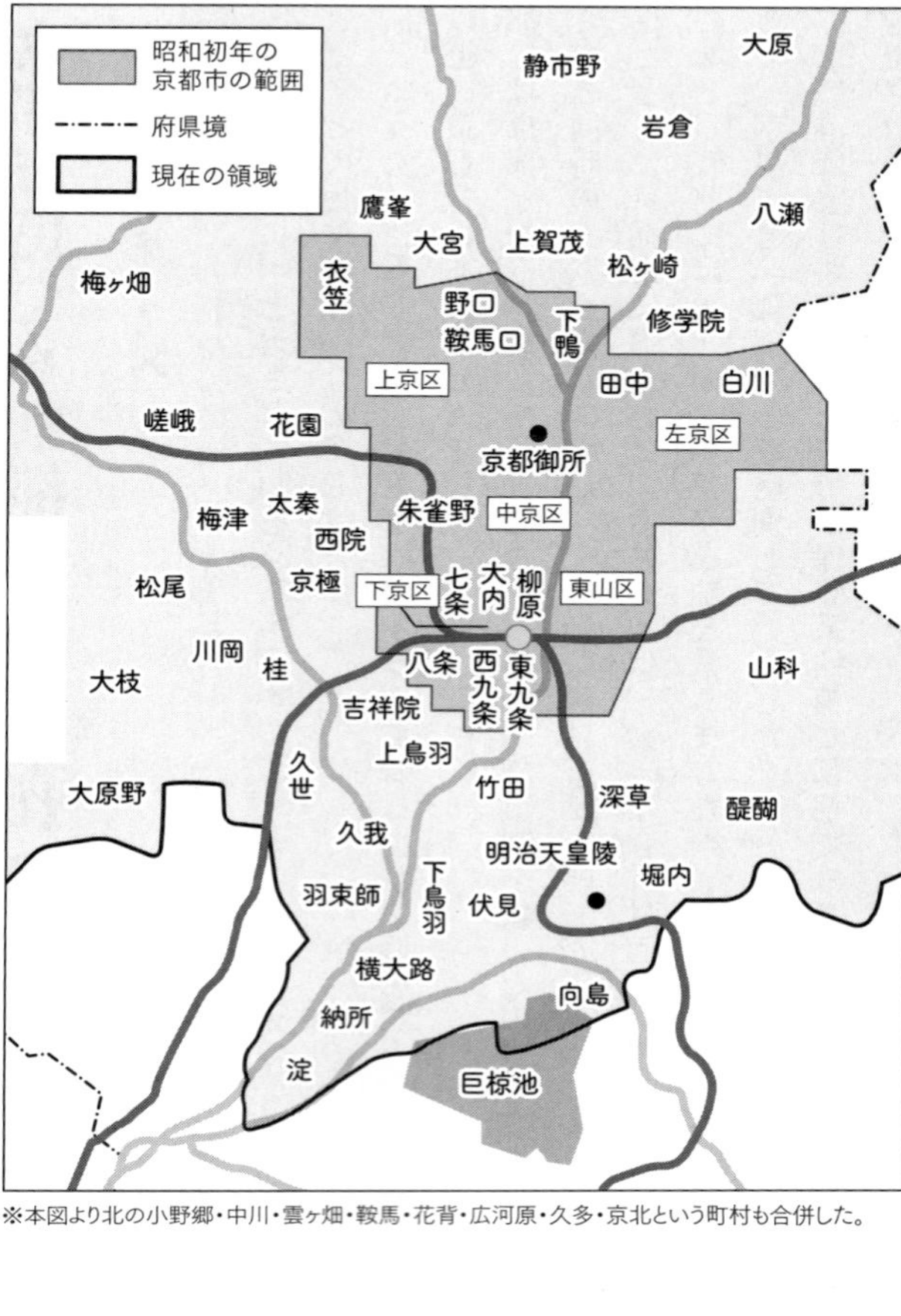

※本図より北の小野郷・中川・雲ヶ畑・鞍馬・花背・広河原・久多・京北という町村も合併した。

洛中洛外を分かりやすく区別したのは、豊臣秀吉だと書きましたが、明治になって市町村制ができてから、いつごろ京都市に吸収されたかということも大事です。一九八九年の市制施行当時は、「御土居」の中ですら行政区域としての京都市に入っていないところがありました。

京都駅も東西本願寺も市外の大内村です。洛北も鞍馬口以南まででしたが、明治が終わるまでに大内村の一部は編入されました。

一方、鴨川の東は京都大学付近まで入っていました。大正七年までに、愛宕郡 野口村、鞍馬口村、下鴨村、田中村、白川村、大宮村、葛野郡 衣笠村、大内村、七条村、朱雀野村、西院村、紀伊郡東九条村、柳原町などが合併され、下鴨、衣笠、田中、白川あたりが市域になりました。

このあたりまでが胸を張って京都といえる範囲ですが、一九三一年に伏見市の他、山科、醍醐、太秦、嵯峨、松尾なども合併され、ほぼ現在の京都市に近い形になりました。八瀬、大原、岩倉以北、淀、大枝などが合併されたのは戦後のことで、二〇〇五年には丹波国北桑田郡京北町を合併しました。

区割りにも歴史の痕跡が

もうひとつ大事なのは区です。市制と同時にできたのは上京区と下京区で、二条通が境界でした。それが昭和に入って一九二九年に中京区（なかぎょう）ができて、だいたい四条より北、丸太町通より南が分離されました。ただし、大丸百貨店は四条通の北側ですが下京区です。また、鴨川以東が下京区から東山区に、上京区から左京区に分離されました。

一九三一年の大合併によって、右京区と伏見区ができました。戦後になると、下京区から京都駅以南が南区、上京区から鞍馬口以北や御土居以西が北区として分離され、一九七六年には東山区から山科区、右京区から桂川以西が西京（にしきょう）区として独立しています。

区別の人口では伏見区が約二七万人で右京区が約二〇万人、左京区が約一六万人です。人口がもっとも少ないのは東山区の約三万五千人で、残りは八～一五万人です（二〇二三年四月時点）。

この経緯を見て分かるように、現代の区割りにも、さまざまな歴史の痕跡があります。

市域で面白いのは、近江と山城の国境はだいたい分水嶺（ぶんすいれい）なのですが、比叡山付近の山中越の山中の集落、逢坂の関に近い藤尾地区などは、琵琶湖水系でないのに大津市ですし、左京区の北部では琵琶湖水系の地域が少しあります。

グルメ情報　京都のことですから、こうした新しい市域でもおいしいものがたくさんあります。花脊（はなせ）には摘み草料理の「美山荘」、周山には肉料理の人気店「登喜和（ときわ）」、鮎は清滝、貴船、鳥居本などに名店がありますし、洛西の筍料理の「筍亭」やステーキ店「くいしんぼー山中」などいずれも定評のある名店です。

41 京都の主要大学の由来と創業の地

勉強したければチャンスを与える

京都市内には、東京とはひと味違う大学が四年制（六年制を含む）だけでも二九校もあり、人口の約一割が学生であり、大学教員・職員や家族を加えた大学関係者の比率はもっと大きいです。大学の先生が大事にされ影響力が大きいことは、いいこともありますが、少しいびつなところもあります。

京都帝国大学ができたのは、一八九七年ですが、その前に、旧制第三高等学校ができていますから、そちらに起源を求めることもできます。その歴史は、幕末の長崎にあった長崎養生所（のちに長崎精得館）に遡るという人もいますが、一八六八年に大阪で開校した舎密局（のちの理学校）が名称の変遷を経て、一八八六年に第三高等中学校となり、それが一八八九年に京都市吉田町へ移り、一八九四年に第三高等学校となりました。

京都帝国大学はこの第三高等学校の校舎を利用して開設されました。もっとも、当時は、京都は祇園や先斗町のイメージのほうが強く、あんな遊楽都市に大学を創って

京都市内の大学一覧

京都大学	左京区吉田本町	京都帝国大学と第三高等学校が前身
京都工芸繊維大学	左京区松ヶ崎	繊維関係にも強い国立大学
京都府立大学	左京区下鴨	前身の京都府立女子専門学校は戦前の名門
京都ノートルダム女子大学	左京区下鴨	カトリック系。小学校は男女共学
京都精華大学	左京区岩倉	マンガ学部があることで知られている
京都芸術大学	左京区北白川	京都造形芸術大学が改称
佛教大学	北区紫野	浄土宗。教職課程の通信課程が著名
大谷大学	北区小山	真宗大谷派。一時は東京にあった
京都産業大学	北区上賀茂	経済との連携も重視
立命館大学	北区等持院	関関同立の一角を成す
平安女学院大学	上京区下立売通	プロテスタント。御所の近くにある
京都府立医科大学	上京区河原町通	1903年に創立の名門公立医大
同志社大学	上京区今出川通	プロテスタント。私立で最高の人気
同志社女子大学	上京区今出川通	プロテスタント。伏見宮家跡にある
京都看護大学	中京区壬生東	京都市立看護短期大学から発展
花園大学	中京区西ノ京	臨済宗妙心寺派が創立
龍谷大学	下京区七条通	浄土真宗本願寺派。深草と大津にも
京都女子大学	東山区今熊野	浄土真宗本願寺派。歴史のある女子大
京都華頂大学	東山区林下町	浄土宗知恩院派
京都美術工芸大学	東山区上堀詰町	伝統工芸や建築に力を入れている
京都先端科学大学	右京区山ノ内	亀岡市の京都学園大学が前身
嵯峨美術大学	右京区嵯峨	真言宗大覚寺派
京都外国語大学	右京区西院	私立大学としては多言語の学科
京都光華女子大学	右京区西京極	真宗大谷派
京都市立芸術大学	西京区大枝	洛西から京都駅近くの崇仁地区に移転
京都薬科大学	山科区御陵	京都周辺の薬剤師さんの多くが卒業
京都橘大学	山科区大宅	京都女子手芸学校が前身
種智院大学	伏見区向島	空海が創立した日本最古の大学
京都教育大学	伏見区深草	旧師範系の国立大学

も学生が勉強しないんじゃないかという議論が帝国議会ではありました。現状を見ても、その危惧は当たらなかったわけでもなさそうです。京大生も認めるところでは、東京大学は嫌でも勉強せざるをえないところだが、京都大学は勉強したければチャンスを与える場なのだそうです。

京都大学は工学系のキャンパスを洛西の桂に移転しましたが、一部は吉田にあります。おおざっぱには、本部キャンパスのほか、北側に農学部や理学部、南に教養課程、西に医学部や薬学部があります。本部は幕末に尾張藩が下屋敷にしていたところで、農学部は土佐藩下屋敷で中岡慎太郎（一八三八―一八六七）が陸援隊の基地にしていました。

大学の所在地は、吉田本町で近くに吉田神社もあります。戦国時代から江戸時代にかけて全国の神社の総元締め的存在でした。神社の東側の吉田山（神楽岡）は、標高一〇五メートル。船岡山や双ヶ岡とならんで京都市内では珍しい丘陵地です。

時計台を設計したのは、京都大学の教授だった武田五一（一八七二―一九三八）です。NHK連続テレビ小説『ごちそうさん』に登場した主人公の夫の恩師・竹元勇蔵のモデルで、京都の洋館のかなりは彼の建築です。

卒業生のノーベル賞受賞の数で東京大学と互角ですが、教員の受賞が多いのも素晴らしいことです。

宗教系の大学も多数

京都には仏教各宗派の本山がたくさんあり、大学経営にも積極的に取り組んでいます。北区紫野にある佛教大学は、浄土宗総本山知恩院が経営しています。全国に先駆けて通信教育部を作り、地方で働きながら勉強する人々に大学教育を届けました。親鸞（しんらん）（一一七三―一二六二）が開いた浄土真宗ゆかりの大学のひとつは、一七世紀の西本願寺学寮に起源を持つ龍谷（りゅうこく）大学です。京都女子大学も、西本願寺裏方の支援を受け開設されました。東本願寺系では、北大路に大谷大学があります。

臨済宗では、妙心寺の隣にある花園大学があります。国際禅学研究所を設立し、海外でも関心が高い禅の研究と国際的な研究交流に力を入れています。

キリスト教系では、御所の北にあり、京田辺にもキャンパスのある同志社大学が歴史があり、規模も大きいです。今出川キャンパスには重要文化財の煉瓦造の洋館が五つもあります。隣にある同志社女子大学のほか、平安女学院大学、松ヶ崎の京都ノートルダム女子大学などもあります。

京都にある大学のなかで最大の学生数を誇る立命館(りつめいかん)大学のルーツは、西園寺公望(さいおんじきんもち)が明治初年に自宅に創った私塾「立命館」ということになっています。一九〇〇年に、その精神を継いだ中川小十郎(なかがわこじゅうろう)（一八六六－一九四四）によって設立されたのが立命館大学の前身「私立京都法政学校」です。一芸入試や東京などでの入試など企業センスにあふれた経営を進めていますが、それが教育の質向上につながっているかは微妙なところです。

京都産業大学は、戦後のアカデミズム全盛期に産学連携を積極的に進め、また、一カ所のキャンパスにまとめることにこだわった運営をして成功しています。京都外国語大学は、多くの外国語を教える私立大学としての先駆者です。

グルメ情報 京都大学の時計台の一階には、「ラ・トゥール」というフランス料理のレストランが入っています。西部構内の「カフェテリア　ルネ」のパフェも有名です。

42 なぜ京都は世界を魅了するのか&京都の楽しみ方と一二ヶ月それぞれの魅力

海外からの投資と観光客こそ日本文化を発展させる

京都が世界でもトップクラスの観光都市であるといわれるようになったのは、ここ一〇年くらいのことです。それまでは、欧米のインテリなどには人気がありましたが、超一流の国際観光都市とかコンベンション都市ではありませんでした。

高度成長期の日本は、観光に力を入れませんでしたので、一〇年くらい前にG7に中国、韓国、ロシアを入れた一〇カ国で比較したら、人口あたりで、観光客数は九位、国際会議は七位、世界遺産は八位でした。

産業の競争力が強いので、外貨獲得のために観光に期待しなかったし、円高で日本旅行は割高だとされていました。歴史を振り返ると、明治時代は、観光は貴重な外貨獲得源として大事にされ、高島屋百貨店が成功したのも、京都での外国人向け土産物(みやげ)屋としてでした。

昭和の初めには、観光政策が樹立され、上高地帝国ホテルなど外国人向けホテルが整備され、京都市に観光課ができたのも一九三〇年です。

戦後は進駐軍の軍人の観光が京都にとってもドル箱になったし、国立の国際会議場として京都国際会館がオープンしたのは一九六六年でしたが、その後、関心が薄まったのです。

ところが、日本経済が長いトンネルに入った二一世紀になるとインバウンドやコンベンションが注目され、二〇〇八年には観光庁が創立されました。

京都には、長いあいだ超高級ホテルがなかったのですが、二〇一四年にザ・リッツ・カールトン京都が開業したあたりから、海外資本による豪華ホテルの建設ラッシュです。円高も寄与していますが、ネットの普及で、言葉の壁に邪魔されずに旅行することが可能になり、自分の好みにあった楽しみ方ができるようになったことが大きいと思います。

中国人など、大きくて分かりやすいものが好きで、京都は敬遠されていたのですが、日本人の評価にこだわらずに魅力的なものを見つけるようになりました。

新型コロナ禍が収束してからの京都は、外国人観光客であふれかえっています。オーバーツーリズムだという人もいますが、離島とか小都市は別ですが、京都のような大都市では、局地的な飽和状態への対応が遅れているだけです。新型コロナ禍で対応する時間ができたのに、無為に過ごしたのも残念です。

外国人観光客や、外国人が不動産を買うことを嫌う人が多いのも、おかしなことです。観光業が栄えることは、産業の競争力の強い時代に蓄えた文化力が、外貨を稼げる貴重な財産になっていることで、喜ばしいことです。

パリで留学や勤務をしていたときに、日本がアラブから石油を買っているのに、彼らはフランスでホテルや邸宅を買ったり、豪華な食事や買い物をしているのを見て口惜しかったものです。

歴史的な建築を外国人が買うと伝統が破壊されると心配する人がいますが、パリでも外国人が買ってお金に糸目をつけず修復してくれるので、歴史的景観は守られてきた歴史があります。

ダイアナ妃の愛人だったアルファイドの父親がリッツ・ホテルを買い、素晴らしいリノベーションをしてくれましたし、京都でもそうなっていくでしょう。日本の町並み景観整備は、不格好な建物を排除する程度で満足しますが、ヨーロッパや中国では町並み全体を復元するとか、現代風の建物を認める場合でも、景観を邪魔しないだけでなく向上させる水準を要求しており、学ぶべきところが多いと思います。

外国人観光客は、週末とか、日本人の観光シーズンとサイクルが違うので平準化にも役立ちますし、彼らのためにローマ字表記が増えると難読地名に手こずらなくてよくなるなど、日本人観光客にとってもいいことが多いのです。

金閣寺とか龍安寺（りょうあんじ）のような狭いところに集中して、周辺の交通が麻痺するのは、事前決済・完全予約制にして人数をコントロールすればいいだけのことです。「最後の晩餐」のある教会（イタリア／ミラノ）などだけでなく、アルハンブラ宮殿（スペイン／グラナダ）や紫禁城（しきんじょう）（中国／北京）でもそうしています。

歴史的な景観の保全は、私は少し方向性が間違っていると思います。近年、京都の町がどんどん黒に端を発する地味でモノトーンな方向に行きすぎです。禅宗文化など黒く暗い色になっていくのは気がかりです。

『源氏物語』やそれに先立つ『古今集』に代表される四季折々の自然の移ろいを生かした宮廷文化の世界こそ、京都の本来の魅力だと思うのです。屋根だって、檜皮葺（ひわだぶき）の明るめの色がもっとも京都らしいので、黒い瓦とくすんだ壁の色が支配的であるのには違和感をおぼえます。

京都の観光カレンダー

それでは、最後に、京都の魅力を四季折々、どう楽しんでもらえばいいのか、提案をして本書を締めくくりたいと思います。

正月は最後にまわすとして、二月は雪を楽しみたいものです。運良く雪の朝に京都にいたなら、金閣寺に走るべしです。雪見しながら湯豆腐もいいものです。といっても二月は、日本人観光客がいちばん少ないときです。そんななかで、中国から春節の休みを利用して観光客が来てくれることはまさに慈雨というべきものです。

三月は、古刹（こさつ）巡りに好適な季節です。東寺など密教寺院にでも行ってこの世とあの世、そして宇宙についてでも考えたいものです。

四月は桜。平安神宮に円山（まるやま）公園、嵐山。どこへ行っても落胆することはありません。五月は新緑を訪ねて洛西へ。竹林が美しいし、四月、五月は筍料理の季節でもあります。葵祭もこの月です。六月は、深い緑の保津川下りがいちばん美しいし、鮎が解禁になるので外せません。

七月は祇園祭に鱧料理。八月は大文字送り火と鴨川の床（とこ）の夕食に化野の千灯（せんとう）供養。九月は、大覚寺の観月。嵯峨野の秋風が似合う季節です。一〇月には、時代祭があって、松茸の季節です。

一一月はなんといっても紅葉の季節。晩秋から冬の味覚は丹波の猪（いのしし）に丹後の蟹。師走には、錦市場へ行っておせち料理を買えばいいですが、すぐきや千枚漬けなどの季節でもあります。そして、大晦日（おおみそか）から正月はおけら参りに伏見稲荷大社の初詣で。白味噌のお雑煮に花びら餅で決まりということになります。

箱庭のような繊細な自然に、王朝文化の伝統を引く華やぎを感じさせる文化が展開されるのが京都ならではですし、それは、『源氏物語』の時代から変わらない魅力なのです。

京都お祭りカレンダー

1月	通し矢(15日に近い日曜)三十三間堂
2月	節分祭(節分の日)吉田神社 五大力尊仁王会(23日)醍醐寺 梅花祭(25日)北野天満宮
3月	春の十三まいり(13日〜5月13日)嵐山法輪寺
4月	壬生大念佛会(29日〜5月5日) 曲水の宴(29日)城南宮 やすらい祭(第二日曜)今宮神社 都をどり(1〜30日)祇園甲部歌舞練場
5月	流鏑馬神事(3日)下鴨神社 葵祭(15日)下鴨神社・上賀茂神社
6月	竹伐り会式(20日)鞍馬寺
7月	御手洗祭(土用丑の日)下鴨神社 祇園祭(17日・24日) 千日詣り(31日)愛宕神社
8月	六道まいり(7〜10日)六道珍皇寺 陶器まつり(7〜10日)五条坂 大文字送り火(16日) 広河原の松上げ(24日)
9月	萩まつり(第三または第四日曜日前後)梨木神社
10月	時代祭(22日)平安神宮 鞍馬の火祭(22日)由岐神社
11月	顔見世(30日ごろ〜)南座
12月	大根焚き(7・8日)千本釈迦堂 おけら参り(31日)八坂神社 除夜の鐘(31日)知恩院他

エピローグ

一時間でわかる紫式部・藤原道長・光源氏の生涯

光源氏の邸宅「六条院」のジオラマ
（写真提供：「宇治市源氏物語ミュージアム」）

43 光源氏の履歴書はこうなっている

人気者のイケメン貴公子

光源氏は一〇世紀ごろの人です。父親は桐壺帝。摂政や関白などを置かずに政治を自ら仕切った堂々とした大帝でした。弘徽殿女御という藤原氏出身の右大臣の娘を正室格にして、のちの朱雀帝という子供がいました。

ところが、桐壺帝は按察(あぜち)大納言という中堅公卿の娘にすぎない桐壺更衣を熱愛したのですが、彼女は妬(ねた)みを買い光源氏が三歳のときに死んでしまいます。

光源氏は美しく誰にも好かれる子でしたので、将来の帝にとも桐壺帝は考えたのですが、人相見が政治が乱れる危惧ありというので、臣籍降下させました。

光源氏は左大臣の娘で四歳年上の葵の上と結婚するのですが、葵の上はあまり打ち解けてくれませんでした。

光源氏はプレイボーイぶりを発揮します。しかし、夕顔は逢い引き中に嫉妬深い六条御息所に呪い殺されます。また、弘徽殿女御の妹・朧月夜、空蟬、軒端萩らと関係を持ちました。葵の上は夕霧を産みますが、六条御息所に呪い殺されます。

『源氏物語』登場人物系図

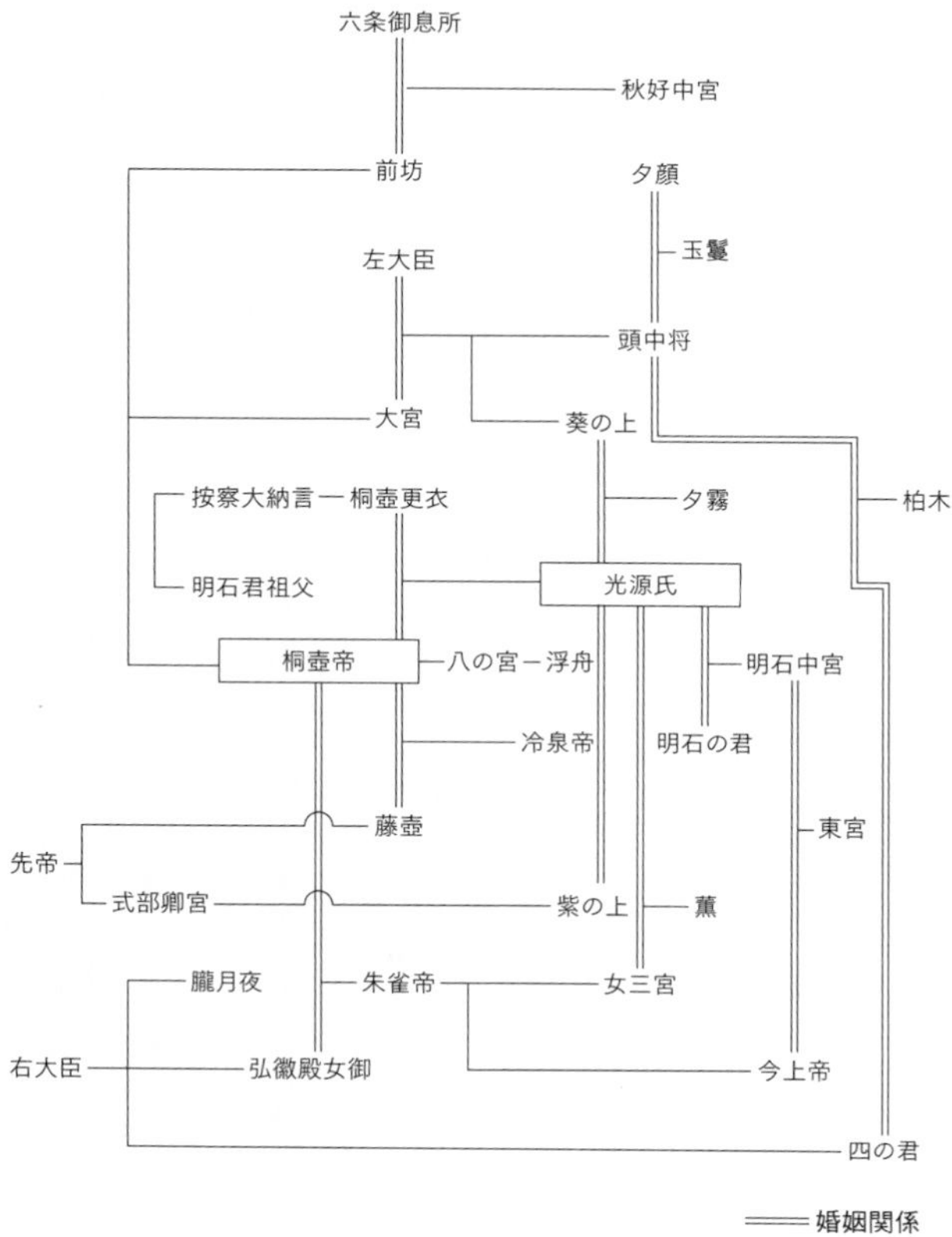
六条御息所
秋好中宮
前坊
夕顔
玉鬘
左大臣
頭中将
大宮
葵の上
按察大納言
桐壺更衣
夕霧
柏木
明石君祖父
光源氏
桐壺帝
八の宮
浮舟
明石中宮
冷泉帝
明石の君
藤壺
東宮
先帝
式部卿宮
紫の上
薫
朧月夜
朱雀帝
女三宮
右大臣
弘徽殿女御
今上帝
四の君
婚姻関係

桐壺帝は先帝の皇女である藤壺が、桐壺更衣に似ていると愛し、子供だった光源氏を連れて会わせたりもしていたところ、成人した光源氏と藤壺とのあいだで愛が芽生え不倫関係を持ちました。藤壺は身ごもって、のちに冷泉帝となる不義の子を産み、悩んで光源氏を遠ざけました。

そこで、光源氏は洛北の寺で見初めた紫の上（藤壺の姪）を理想の女性として育て、これを妻にします。

太政大臣になるが後継者に恵まれなかった不運

桐壺帝も亡くなり、節操のない女性関係の報いで立場が苦しくなった光源氏は、自主的に須磨へ退去し、月を眺めながら都を偲んだりしていましたが、母親の親戚である明石の入道の娘と結ばれ娘を得ます。

やがて都で不幸な出来事が続いて、光源氏を冷遇した祟りだということになり、赦されて都に帰って大納言となって出世街道に乗ります。また、藤壺の子が冷泉帝となり、実の父親が光源氏であることを知ります。

夕顔の忘れ形見である玉鬘は光源氏に引き取られ、光源氏と葵の上の子の夕霧と頭中将の子の柏木が求婚しましたが、玉鬘は髭黒の大将と結ばれます。夕霧は頭中将の子で柏木の異母妹である雲居雁と結婚します。

朱雀帝の頼みで、光源氏は気が進まないものの、女三宮も紫の上と並ぶ妻としますが、これが柏木と密通して薫を産み、柏木は悶死します。一方、明石の君とのあいだに生まれた娘は朱雀帝の子である今上帝の中宮となり、生まれた子は東宮に立てられます。また、桐壺帝の妃の一人、麗景殿女御の妹の花散里は、第三夫人的な立場で夕霧や玉鬘の養育をしました。

こうしてあらゆる悩みを抱えつつ人臣(じんしん)を極め、ＤＮＡを継承する子が帝となり、孫が帝となることを約束された光源氏は、五一歳のときに紫の上に先立たれ、嵯峨に隠棲したのち五三歳のときに亡くなりました。

光源氏はたいへん充実した人生を送ったようにも見えますが、子供は夕霧と明石中宮を除くと、表向きは弟だが実は不義の子の冷泉帝と、実子ということになっているが不倫されて生まれたらしい薫だけです。

逆にいうと、政治家としての勢力拡大のためにも、光源氏は多くの妻を抱える必要があり、それが紫の上を苦しめたという図式も見えてきます。

44 紫式部の先祖・生涯・今上陛下などの子孫

摂関家とは格差があるがかなりの名門一家

中臣鎌足（六一四―六六九）が天智天皇から藤原姓をもらって、その子孫だけが中臣氏から独立し藤原氏を名乗りました。子の不比等には四人の男子がいました。長男武智麻呂の南家は仲麻呂（恵美押勝）が叔母である光明皇后に気に入られて権力を握りましたが、道鏡と争って没落しました。桓武天皇のころには、三男宇合の式家が栄えましたが、嵯峨天皇のころ、次男房前の子孫である北家から冬嗣が出て主流となりました。

冬嗣の子のうち良房が摂関制の祖とされますが、男子がなかったので兄である長良の子である基経が養子になり、その玄孫が道長であり、その子孫から五摂家が出ています。これが摂関家といわれる藤原本家です。

それに次ぐのは、道長の叔父・公季の子孫で閑院流といわれる系統です。院政期の天皇の母を何人も出し、三条、徳大寺、西園寺の各家がこの系統です。

一方、良房の弟である良門の子孫は、醍醐天皇の母を出したことから栄えました。

藤原氏と紫式部系図

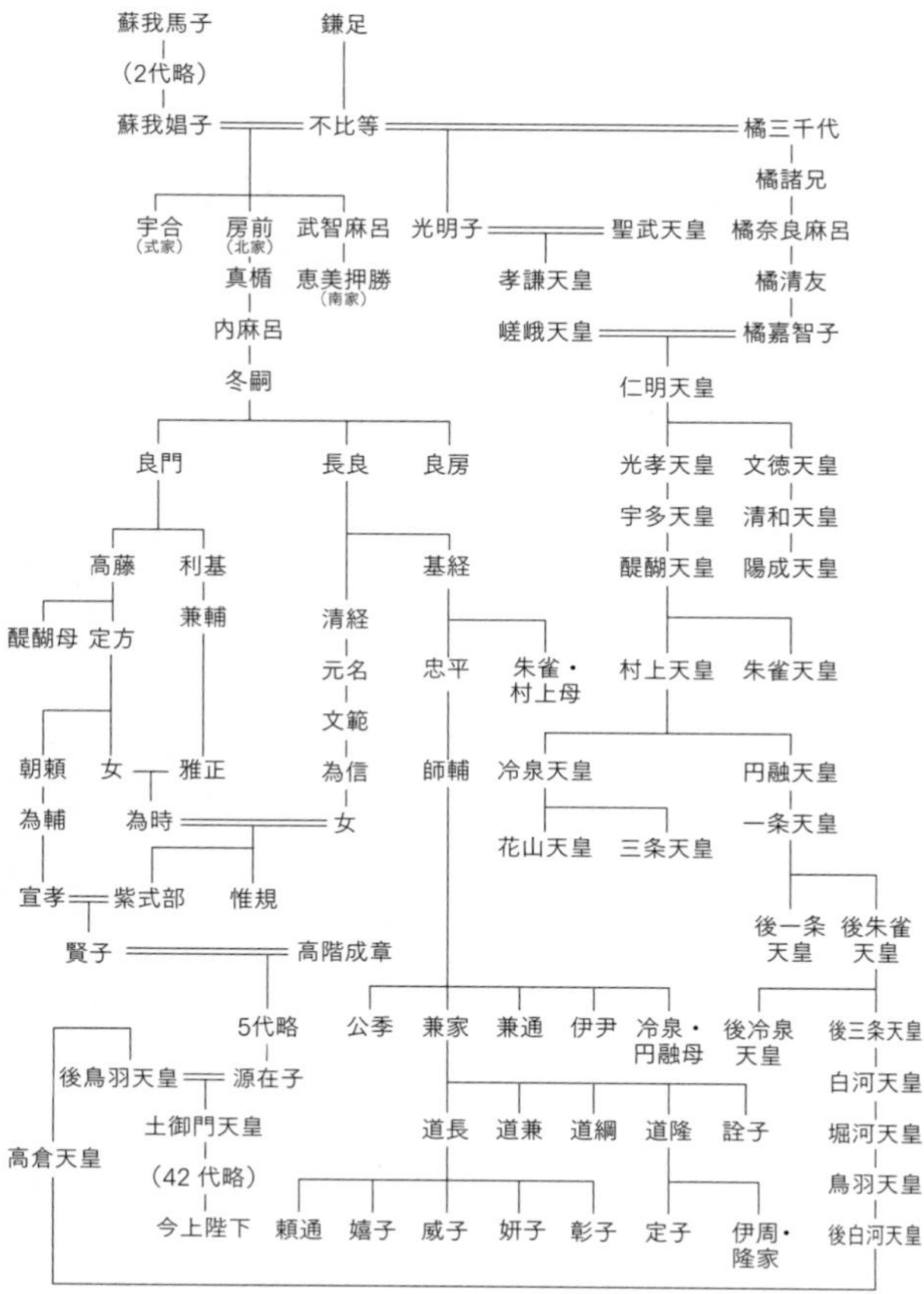
蘇我馬子
(2代略)
蘇我娼子
鎌足
不比等
橘三千代
橘諸兄
宇合
(式家)
房前
(北家)
武智麻呂
光明子
聖武天皇
橘奈良麻呂
真楯
恵美押勝
(南家)
孝謙天皇
橘清友
内麻呂
嵯峨天皇
橘嘉智子
冬嗣
仁明天皇
良門
長良
良房
光孝天皇
文徳天皇
宇多天皇
清和天皇
高藤
利基
基経
醍醐天皇
陽成天皇
醍醐母
定方
兼輔
清経
元名
忠平
朱雀・村上母
村上天皇
朱雀天皇
文範
朝頼
女
雅正
為信
師輔
冷泉天皇
円融天皇
為輔
為時
女
一条天皇
花山天皇
三条天皇
宣孝
紫式部
惟規
後一条天皇
後朱雀天皇
賢子
高階成章
5代略
公季
兼家
兼通
伊尹
冷泉・円融母
後冷泉天皇
後三条天皇
後鳥羽天皇
源在子
白河天皇
土御門天皇
道長
道兼
道綱
道隆
詮子
堀河天皇
高倉天皇
(42代略)
鳥羽天皇
今上陛下
頼通
嬉子
威子
妍子
彰子
定子
伊周・隆家
後白河天皇

紫式部の父為時や夫宣孝もその子孫です。ただし、母は基経の弟である清経(きよつね)の子孫です。

為時は正五位下(しょうごいげ)越後守、宣孝は正五位下右衛門権佐山城守で終わっています。いま風に政治家にたとえれば、代議士を何期か務めて知事に転じて二期ほど務めたとか、官僚でなら、本省の部長クラスから地方出先の長になってキャリアを終えたといったあたりです。

為時は紫式部が二七歳のときに越前守となり、紫式部も越前に同行しましたが、一年五ヶ月で単身京都に戻り、結婚しました。賢子(かたいこ)(大弐三位(だいにのさんみ))という娘が生まれましたが、夫は結婚してから四年で亡くなりました。「見し人の　けぶりとなりし　夕べより　名ぞむつましき　塩竈の浦」はそのときの歌です。

愛子さまも紫式部の子孫だった

宣孝は、いまは廬山寺になっている紫式部の邸宅に通っていました。『源氏物語』は夫の死んだころから書き始め、それが評判になったこともあり、三三歳くらいから、道長の長女で一条天皇の後宮に入った彰子に仕えるようになり、『紫式部日記』を三七歳ごろから記しています。

死んだのは四二歳（為時が越後守として赴任中）とも五〇歳ころともいわれます。一条天皇が譲位し亡くなってからも彰子に仕えていたのは間違いないですが、いつまでかは不明です。

賢子は道長の甥（次兄である道兼の子である兼隆。『光る君へ』では道兼が紫式部の母を殺したことになっている）と結婚し、娘をもうけましたが、のちの後冷泉天皇の乳母となって別れたのか、その後、高階成章（大宰大弐まで昇進）と結婚します。あちこちの受領を歴任し、「欲大弐」などといわれた人ですが、有能だったようです。

賢子は、百人一首に「有馬山　猪名の笹原　風吹けば　いでそよ人を　わすれやはする」という歌が入っていますが、母とは違って前向きな性格だったようです。

一族は院政の時代にその側近として活躍し、その子孫から後鳥羽天皇の妃で土御門天皇の母である源在子を出しましたので、紫式部は今上陛下の先祖の一人ということになります。ある説によると現代の皇室と紫式部は一六ものルートでつながっているのだそうです。そういう意味では、『源氏物語』の研究をされている愛子さまは、ご先祖の作品を勉強されていることになります。

賢子の子孫は、皇族や有力公家と盛んに縁組みをしたので、ほとんどの公家出身の名家は紫式部の子孫ですし、それと縁組みした大名家もそうなります。たとえば、近衛家には後陽成天皇の第四皇子が養子になって近衛信尋となり、徳川宗家には十六代目の家達夫人が近衛家から入り、島津家には近衛文麿の娘が嫁いだので、紫式部の子孫です。

45 内閣総理大臣としての道長や光源氏の通信簿

光源氏のモデルの一人か？

藤原氏が摂関制を確立したのは、藤原道長の高祖父である基経の娘・穏子が、九三〇年に即位した朱雀天皇の生母になってからです。その後、村上、冷泉、円融、花山、一条、三条、後一条、後朱雀、後冷泉と一〇代一三八年にわたって、基経に始まる藤原摂関家出身の生母を持つ天皇に皇位を独占させることができたからです。

ところが、摂関家の外孫の候補者がいなくなり、白河天皇は藤原氏でも道長の叔父に始まる閑院流に属する公成の娘が生母だったことで、摂関家が外戚でなくなり、天皇の父や祖父が実権を持つ院政の時代に移行しました。

逆にいうと、道長のころは、摂関家の内部でも、天皇になれる外孫がいる者が主導権を握ることでもありました。

藤原道長は村上天皇末期の九六六年に生まれました。この時点では、祖父師輔の兄である実頼（小野宮流）が氏長者でしたが、父兼家の姉である安子が産んだ冷泉・円融天皇の即位によって摂関家の主導権を師輔の子である兄弟たちがとりました（九条流)。

亡き兄である伊尹(これただ)の外孫・花山天皇を兼家が策略で退位させ、自分の外孫である一条天皇の即位で摂政（のちに関白）になったのが、道長が二一歳のときです。しかし、道長は三男なので序列は高くありませんでした。二五歳のときに父が死ぬと、長兄の道隆(みちたか)が関白を継ぎ、三〇歳のときには次兄の道兼(みちかね)が関白になるも七日間で死去しました。ここで一条天皇は、道隆の子の伊周(これちか)を関白にしようとしましたが、姉で天皇の生母だった詮子の強引な推挙により、実質的な関白である内覧(ないらん)の地位を獲得して実権を握りました。

このときには、すでに一条天皇の中宮として道隆の娘・定子がいました。そこで、三五歳の道長は、一二歳の長女彰子を入内させて、翌年には定子を皇后とした上で彰子を中宮とし（前代未聞の一帝二后）、四三歳のときに彰子が敦成(あつひら)親王を産みました。四六歳のとき、一条天皇は、花山天皇の弟である三条天皇に譲位しました。三条天皇は師輔の甥を父とする娍子(すけこ)を皇后に、道長の娘の妍子を中宮としました。また、一条天皇と定子のあいだには、敦康親王がいたのに、敦成親王を東宮とし、五一歳のときに後一条天皇として践祚(せんそ)させ摂政となりました。

五三歳のときに、後一条天皇に九歳年上の娘である威子を入内させ中宮としましたが、このときに詠まれたのが望月の歌です。道長は一〇二七年に六二歳で死去しました。

『源氏物語』に出てくる光源氏のモデルは一人ではありませんが、仕事ぶりについていえば、道長がもっとも身近なモデルとして意識されたことは言うまでもありません。『日本を創った12人』という堺屋太一氏の本では、『源氏物語』の主人公である「光源氏」が登場します。どうして架空の人物なのに採用したのかというと、あのような感じの貴族政治家が平安時代にいたのは歴史的事実であり、それは「上品な人」としての理想像となり、日本人の価値観に大きな影響を与えているからだと言っていました。

この光源氏は財産収入だけで遊び暮らしている遊び人ではありません。今日でいえば内閣総理大臣に当たる太政大臣だったのです。

とはいえ、『源氏物語』に光源氏が現代的な意味での政治家らしい仕事をしていることは書いていませんし、外交、経済などの問題で悩んでいるようでもありません。

ひたすら年中行事や宗教行事を無事執り行うことに心を砕き、少しばかり人事に介入し、あとは和歌を詠んだり、色恋を愉(たの)しんでいます。ずいぶんといい加減な政治家ですが、人望はたいへんなもののようです。

もちろん、後宮の女性から見たものですから、本当はもう少しまじめに仕事をしていたのかも知れませんが、道長自身の『御堂関白記(みどうかんぱくき)』やライバルだった藤原実資(ふじわらのさねすけ)の『小右記(しょうゆうき)』を読んでもイメージが根本的に変わるわけではないのです。

現代にまで引き継がれた道長の政治スタイル

道長が「内覧」となってから死去するまでの時代が、平穏無事な年月だったわけではありません。その直前に延暦寺と三井寺が分裂して日本史上最大の宗教戦争が始まり、尾張の国司藤原元命(ふじわらのもとなが)の横暴が住民から訴えられる事件（九八八）もありました。九州では日本史上でも珍しい外国武装勢力による攻撃である刀伊(とい)の入寇(にゅうこう)（一〇一九）がありました。

中国風の強固な中央集権国家をめざしたのが、大化の改新から平安初期までの日本で、大陸文明を採り入れ、対外戦争にも対応できる軍事力も整備しました。

ところが、いずれも一段落したので、荘園とか受領制という形で地域経営を民活化したり、国軍や警察でなく、武士という民間武装勢力を必要に応じて雇うことのほうが安上がりだとなったのが摂関時代の日本です。

そのように、体制の基盤が揺れ動くときだったのですが、道長が長期的視点でこうした問題に取り組んでいたようには見えません。そのかわりに、道長は一族の対抗馬を押さえ込み、皇室に娘たちを送り込んで外戚として揺るぎない地位を確立しました。おかげで、地方でもめ事があっても、体制全体の危機にまでは発展しませんでした。

比叡山、三井寺、興福寺などが僧兵を抱えて争ったことは、首都である平安京周辺で最大の武装勢力が彼らであるという状況を創り出し、一方、台頭する武士のなかで河内源氏の源頼光が、道長の用心棒兼資金担当秘書的存在として台頭し、これが二世紀のちに武士の世になる伏線になりました。

文化面で見ると、『源氏物語』や寝殿造の建築に代表される藤原文化は全国の規範となり、浄土信仰も広まりました。

こうした道長の政治は、それなりの安定性と時代感覚は評価できますが、長期的な国家課題に積極的に取り組むものとはいえませんでしたし、そうしたスタイルがそれなりの評価を得たことは、現代に至るまで日本政治の特徴であるバカ殿政治に道を開くものとなりました。

歴代の関白・摂政は？

『光る君へ』に登場する貴族たちの関係には分かりにくい部分もあるかと思いますので、歴代の関白・摂政や大臣が誰だったのか、という観点からまとめておきます。

藤原北家で最初に摂政になったのは、良房です（在職期間〔以下同〕八六六～八七二）。その甥で養子になった基経が初代の関白（八七六～八九一）ですが、宇多天皇や醍醐天皇による親政で空席になります。

そのあと、藤原忠平（九三〇～九四九）、村上天皇の親政期を挟んで、藤原実頼が務めました（九六七～九七〇）。師輔は兄を支え右大臣のまま兄に先立って亡くなりましたが、師輔の外孫の冷泉、円融が天皇となったので、師輔の嫡男の伊尹（九七〇～九七二）、ついで次男の兼通が続きます（九七二～九七七）。

順当なら三男の兼家が継ぐはずでしたが、兄弟喧嘩で兼通は実頼の子の頼忠を後継者にした（九七七～九九〇）というのが、『光る君へ』の序盤で描かれる政治状況でした。しかし、兼家は権謀術数を駆使し関白となり（九八六～九九〇）、そのあとは、子の道隆（九九〇、九九三〜九九五）、道兼（九九五）、道長が内覧や関白となります。さらにそののちは、道長の子孫以外は摂政・関白にしないことが慣習化され、幕末の王政復古の大号令（一八六八）により将軍と摂関が廃止になるまで続き、例外は豊臣秀吉・秀次だけでした。

ただし、太政大臣には、藤原氏のほかの系統や、村上源氏、平清盛、足利義満、豊臣秀吉、徳川将軍の何人かも就任しています。

ドラマでは、道長と同世代の友人や同僚が出てきますが、道長と仲良し四人組だった藤原公任は頼忠の子、行成は伊尹の孫です。また、『小右記』の実資は頼忠の甥です。

また、道長が内覧になってから死去するまでに大臣を務めたのは、藤原顕光、公季、実資、頼通です。顕光は兼通の子、公季は兼家の弟、実輔は実頼の孫、頼通は道長の嫡男で、親戚の有力者をそれなりにバランス良く遇しています。

源氏では、道長の舅だった宇多源氏の源雅信とその弟の重信が左大臣まで昇進していますが、道長は村上源氏の具平親王の子である源師房を気に入って娘・尊子（源明子との子）の婿とし、その子孫が村上源氏となり公家源氏の主流となりました。

桜や紅葉などの花の名所

桜	早咲き	上賀茂神社
	早咲き	平野神社
	早咲き	平安神宮
	早咲き	円山公園・白川
	早咲き	清水寺
	中咲き	木屋町
	中咲き	北白川疏水
	中咲き	植物園・半木の道
	中咲き	哲学の道
	中咲き	毘沙門堂
	中咲き	山科疏水
	中咲き	真如堂
	中咲き	京都御苑
	中咲き	二条城
	中咲き	醍醐寺
	中咲き	背割堤
	中咲き	城南宮
	中咲き	大原野神社
	中咲き	勝持寺
	中咲き	嵐山
	中咲き	大覚寺
	中咲き	原谷苑
	中咲き	園城寺・長等山
	遅咲き	鞍馬寺
	遅咲き	仁和寺
	遅咲き	常照皇寺
紅葉	早め	保津峡
	早め	嵯峨野
	早め	高雄・栂尾
	中くらい	永観堂
	中くらい	真如堂
	中くらい	源光庵
	中くらい	東福寺

紅葉	中くらい	嵐山
	中くらい	八瀬
	中くらい	毘沙門堂
	中くらい	日吉神社
	遅め	善峯寺・大原野神社
	遅め	平安神宮
	遅め	知恩院
	遅め	平等院
梅	1～3月	北野天満宮
	3月ごろ	梅宮大社
	3月ごろ	清凉寺
	3月ごろ	平岡八満宮
	3月ごろ	北野天満宮
	3月ごろ	下鴨神社
	3月ごろ	随心院
山吹	4月ごろ	松尾大社
菜の花	4月ごろ	伏見
		宇治川
		東高瀬川
霧島ツツジ	4月ごろ	長岡天満宮
ツツジ	4～5月	蹴上浄水場
藤	5月ごろ	平等院
		城南宮
花菖蒲	5月ごろ	平安神宮
杜若	5月ごろ	渉成園
		大田神社
沙羅	6月ごろ	妙心寺雲林院
蓮	7～8月	三室戸寺
萩	9月ごろ	梨木神社
椿	3～4月	法然院
竹林		嵯峨野々宮町
		洛西竹林公園
北山杉		北区中川

参考文献

紫式部顕彰会編纂、角田文衞監修、加納重文責任編集『京都源氏物語地図』思文閣　二〇〇七年（『源氏物語』に登場する場所の比定は本資料に準拠しました）

朧谷壽、後藤祥子、秦恒平、福嶋昭治、日斉貞夫『源氏物語を歩く』（楽学ブックス―文学歴史）ＪＴＢパブリッシング　二〇〇八年

秋山虔、中田昭『源氏物語を行く』（SHOTOR TRAVEL）小学館　一九九八年

新創社著・編『京都時代ＭＡＰ平安京編』（Time trip map）光村推古書院　二〇〇八年

新創社編『京都・観光文化時代ＭＡＰ』（Time trip map）光村推古書院　二〇〇六年

大石静著、ＮＨＫドラマ制作班監修、ＮＨＫ出版編『光る君へ　前編』（ＮＨＫ大河ドラマ・ガイド）ＮＨＫ出版　二〇二三年

『ビジュアル・ワイド京都の大路小路』小学館　二〇〇三年

実業之日本社編『京都お散歩凸凹地図』実業之日本社　二〇一四年

桃崎有一郎『平安京はいらなかった：古代の夢を喰らう中世』（歴史文化ライブラリー）吉川弘文館　二〇一六年

京都高等学校社会科研究会 編『京都に強くなる75章』クリエイツかもがわ　二〇〇〇年
山本淳子『源氏物語の時代：一条天皇と后たちのものがたり』（朝日選書）朝日新聞出版　二〇〇七年

ネット資料としては以下のものが参考になった

『大路・小路』http://www.mutsunohana.net/miyako/oji-koji/

標高については公的に発表されているもの以外は Google Earth から測定した

また、以下の拙著および共著には本書の内容に関するものが含まれている

『京都人も本当のことを知らない　京都のナゾ？　意外な真実！』日本実業出版社　二〇〇四年
『日本史が面白くなる京都の「地名」の秘密』（歴史新書）洋泉社　二〇一五年
『古代史が面白くなる「地名」の秘密』光文社知恵の森文庫　二〇一九年

知恵の森
KOBUNSHA

地名と地形から謎解き 紫式部と武将たちの「京都」

著　者──八幡和郎（やわた かずお）

2024年　4月20日　初版1刷発行

発行者──三宅貴久
組　版──萩原印刷
印刷所──萩原印刷
製本所──ナショナル製本
発行所──株式会社光文社
東京都文京区音羽1-16-6 〒112-8011
電　話──編集部(03)5395-8282
書籍販売部(03)5395-8116
制作部(03)5395-8125
メール──chie@kobunsha.com

落丁本・乱丁本は制作部でお取替えいたします。
ISBN978-4-334-10285-2　Printed in Japan